JN268570

万葉集に会いたい。

辰巳正明
TATSUMI MASAAKI

Love * Song * Road

笠間書院

Road

Manyo

万葉集に会いたい。

万葉集に会いに奄美へ行った。

［目次］

万葉集に会いたい。歌の流れと歌遊び

Manyo

私は今までは
流れ歌を知らない
口から出てくる歌を
歌って遊ぼう

口から出てくる歌は
口が浅いので
互いに流れ歌を
歌って遊ぼう

あなた方はあなた方の流れ
私達は私達の流れ
互いに流れ歌を
歌って遊ぼう

（田畑千秋「奄美名音集落の八月歌」
『奄美郷土研究会報』第三一号による）

「歌はどのように歌われるのか。」

辰巳正明

万葉集の時代にも歌は歌われていたはずであるが、
それを復元することはきわめて困難である。とくに万葉集の歌はどのような曲調で歌われたのか、
いろいろと試みられているが、確かなものはない。
万葉集の歌は、おそらく歌の流れ（歌の道筋）をたどりながら歌われていたのではないか。
それを明らかにするのが本書の目的である。
現在の万葉集は、編纂という手続きを経て成立しているから、歌の関係性を示す事例は少なく、
まして作者未詳の歌うたの関係性はほとんど知られない。
しかし、歌は、一定の枠組みの中に歌われていたことが推測され、
そこには集団詠（対歌・対唱・交互唱）の歌唱システムを想定しなければならない。
そのような集団詠の歌唱の系統を、奄美の歌では「流れ歌」というのである。
一つの流れには一つのテーマや曲調が存在する。その流れに基づいて歌は展開する。
これは、中国の少数民族の歌唱法である「歌路」に相当するものであることが知られる。
そこには歌の始まりから終わり（始点と終点）までの道筋が存在するのであり、
歌はこの歌路に基づいてさまざまな物語を紡ぎだしながら展開する。

奄美の「流れ歌」もまた、等しいのである。
このような歌の流れを参照軸としたときに、
万葉集の中にも多くの流れ歌が存在したのではないかと思われる。
春夏秋冬ごとに、その季節の特徴的な風物である花鳥風月をテーマとしながら、
季節の流れ歌が歌われていたのではないか。しかも、そこには男女の恋が重ねられて、
季節と恋との交わりの中で季節流れが歌われたのではないか。
七夕の歌もそうした「七夕流れ」の一つであろう。
それを万葉集が分類すると季節の雑歌と季節の相聞ということになる。
しかし、本来は一つの流れ歌の中に存在したものと思われる。
これは季節の流れ歌に限られるものではない。
恋の歌も旅の歌もこうした流れ歌の中から想定される。そのような流れ歌を遡れば、
歌垣や歌遊びの歌唱法、あるいは労働の歌唱法の中に歌流れが存在したものと推測され、
民間歌謡の基本的な歌唱システムであったと思われる。
それは長い歴史の中でさまざまに変化しながら、
宮廷や貴族たちのサロンにおける歌遊びにも歌流れによる歌唱システムが受け継がれたのであり、
むしろ、万葉集はこの宮廷や貴族たちの多くの歌流れを留めているものと思われる。

それらは、また形を変えながら擬似的に対詠の方法を取る歌合わせのシステムを形成し、さらに勅撰和歌の歌の排列のシステムへも影響を与えて行ったものと思われる。

ここに論じた内容は、そうした歌流れを想定するモデルを示したものに過ぎない。

他にいくつもの歌流れの歌が存在していることは確かであり、そのような歌流れの存在を明らかにすることは、歌の生成の問題を考えるのに重要であり、また、歌とは何かを問う問題ともなる。こうした問題意識の流れは、すでに論じた『詩の起原　東アジア文化圏の恋愛詩』（笠間書院）にある。合わせて読んでいただければ幸甚である。

二〇〇一年八月三日

1 季節の歌流れ

交響する恋と季節

春

庭の梅の花はほころび始め、沫雪が梅の枝に降りしきる。雪でさえ梅の花に通い来るのに、あの人は訪れることもない。

夏

杜にはほととぎすが鳴き始めて、卯の花を散らしている。あの人はほととぎすの初声を聞いたのだろうか。

秋

冷たいしぐれに萩の花は咲いた。あの人に花が咲いたと告げたなら、まるで「いらっしゃい」というのと同じだろうか。

冬

雪が空から槙の木に通い来る。それを見るとあの人のことが頻りに思われる。この雪の夜に私のところに通い来てください。

梅の花降り覆ふ雪を裹《つつ》み持ち君に見せむと取れば消につつ
わが背子に見せむと思ひし梅の花それとも見えず雪の降れれば
梅が枝に鳴きて移ろふ鶯の翼《はね》白妙に沫《あわ》雪そ降る
梅の花咲き散る園にわれ行かむ君が使を片待ちがてり

春

うめのはな（梅花）

梅の花しだり柳に折り交へ花にまつらば君に逢はむかも
闇夜ならば宜《うべ》も来まさじ梅の花咲ける月夜に出でまさじとや
雪見ればいまだ冬なりしかすがに春霞立ち梅は散りつつ
梅の花われは散らさじあをによし平城なる人の来つつ見るがね

霍公鳥いたくな鳴きそ汝《な》が声を五月《さつき》の玉にあへ貫くまでに

何しかもここだく恋ふる霍公鳥鳴く声聞けば恋こそまされ

卯の花もいまだ咲かねば霍公鳥佐保の山辺に来鳴き響《とよ》もす

暇《いとま》なみ来ざりし君に霍公鳥われかく恋ふと行きて告げこそ

夏

ほととぎす（霍公鳥）

霍公鳥鳴きし登時《すなはち》君が家に行けと追ひしは至りけむかも

朝霧の八重山越えて霍公鳥卯の花辺から鳴きて越え来ぬ

霍公鳥来鳴きとよもす橘の花散る庭を見む人や誰

逢ひ難き君に逢へる夜霍公鳥他時《あだし》ゆは今こそ鳴かめ

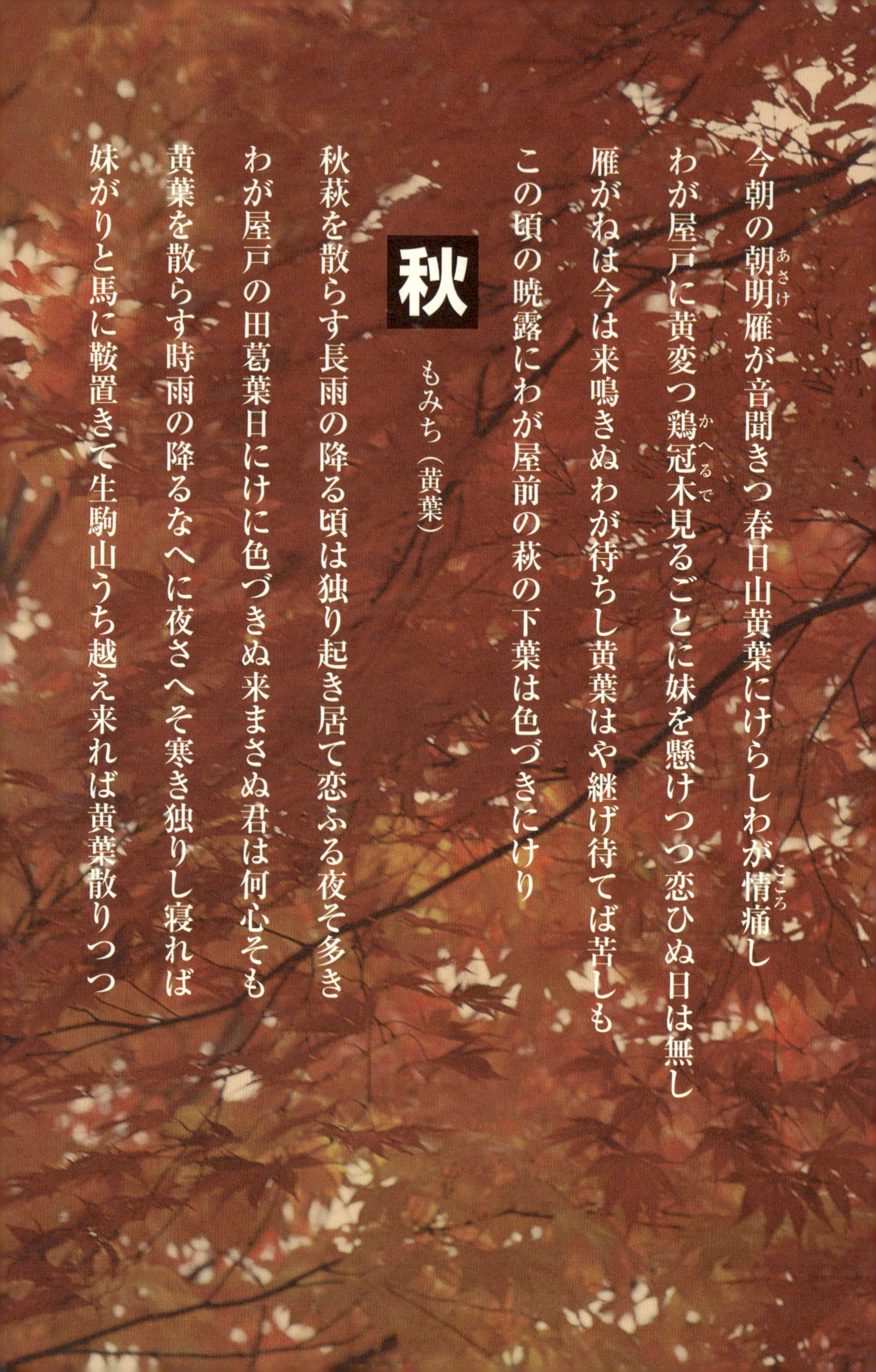

今朝の朝明《あさけ》雁が音聞きつ春日山黄葉にけらしわが情《こころ》痛し

わが屋戸に黄変つ鶏冠木《かへるで》見るごとに妹を懸けつつ恋ひぬ日は無し

雁がねは今は来鳴きぬわが待ちし黄葉はや継げ待てば苦しも

この頃の暁露にわが屋前の萩の下葉は色づきにけり

秋

もみち（黄葉）

秋萩を散らす長雨の降る頃は独り起き居て恋ふる夜そ多き

わが屋戸の田葛葉日にけに色づきぬ来まさぬ君は何心そも

黄葉を散らす時雨の降るなへに夜さへそ寒き独りし寝れば

妹がりと馬に鞍置きて生駒山うち越え来れば黄葉散りつつ

わが背子を今か今かと出で見れば沫雪降れり庭もほどろに

梅の花それとも見えず降る雪のいちしろけむな間使遣らば

高山の菅の葉凌ぎ降る雪の消ぬとか言はも恋の繁けく

わが背子と二人見ませば幾許かこの降る雪の嬉しからまし

冬

ゆき（雪）

真木の上に降り置ける雪のしくしくも思ほゆるかもさ夜訪へわが背

わが袖に降りつる雪も流れゆきて妹が手本にい行き触れぬか

沫雪は千重に降り敷け恋しくの日《け》長きわれは見つつ偲はむ

わが背子が言うつくしみ出で行かば裳《も》引しるけむ雪な降りそね

口し云ふことやなぬどまさるとも
胸に思ふことやわぬどきしゆる
口し云ふことぬ胸に思なれば
九日十日隔めイリヤぬこまし

2 思い文流れ

九日十日隔めイヤリしどをたが
吾イヤリ届けらんよそど怨めしや
よそ頼で汝イヤリ届けらじあれば
墨と筆たので百字たぼれ

口の上ではあなたが勝っているが、
胸で思うことは私が勝っている。
口でいう通り胸に真実があれば、
九日十日置きに手紙が来そうなものだ。

奄美の歌流れ

九日十日置きに手紙は出しているが、
それを届けてくれない他人が怨めしい。
他人に頼んだ手紙が私に届かないのならば、
さらに墨と筆の力をかりて百字の手紙をください。

墨と筆たので百字書きならて
思ことば笠に飛ばしやらそ

思ことば笠に飛ばそかにしれば
若しやよその上に飛べばきやししゆり

飛ばしばし飛ばし風たので飛ばし
真実ぬあれば吾上に飛びゆり

汝がむたしやイヤリ読まし聞ちみれば
真実ぬことや書しやねらん

うれ読だる人やあぜごとど読だる
押し返し戻し読ましたぼれ

押し返し戻し読まし聞ちみれば
なだにおさはれて聞きやならぬ

墨と筆の力をかりて百字書き並べて、
思いの言葉を笠に託して飛ばしてやろう。

思いの言葉を笠に託して飛ばしてやって、
万一他人の上に飛んで行ったらどうしよう。

飛ばしてやれやれ飛ばして風を頼りに飛ばして、
真実があるなら私の上に飛んでくるだろう。

あなたの手紙を読ませて聞いたら、
真実なことは何一つ書いてありません。

それを読んだ人は逆さまに読んだので、
折り返し読ませて聞いてみてください。

折り返し読ませて聞いてみたら、
涙に襲われて聞くことが出来なかった。

わが持たすイヤリ硯石水と思ふな
めなだ打ち揃て書しやるイリヤ

墨と筆ちきやぬりちやくやねらぬ
あやはじき如にしすに染もや

あやはじき染めばあかがりゆり
そしり垣ごとにちやくみくもや

そしりがきくめばくめばくみちらし
打ちちけぬうらし自由やならぬ

打ちちきぬうらしや釘抜けば抜きゆり
あかがねぬグギヤセ自由ならぬ

あかがねぬクギヤセうしやげれば開きゆり
いつもこぬ座敷自由やならぬ

私の贈った手紙は硯石と思うな、
目に涙をにじませて書いた手紙です。

墨と筆つきの恋はしたくない、
入れ墨のように染みたい。

入れ墨を染め抜くとあかれてしまう、
石を積み上げた垣のように組もう。

石垣の上は踏み越えもなるが、
釘で打ち付けた板壁は自由にならない。

打ち付けた板壁は釘を抜くことも出来るが、
銅の錠前は思うようにはならない。

銅の錠前は押し上げれば開くが、
かつて来た事のない座敷は自由にならない。

いつも来ぬ座敷待ち焦れて居れば
夜半風ちれて忍でいもれ

夜半風ちれてわが忍でくれば
ねざめおどろきに誰や云ふな

ねざめおどろきにねのしろばさどて
うれ不思議思て戻ていもんな

あかときばなとて寝床とてぬしゆり
門ぬ外出じて哀れ話そ

かつて来た事のない座敷にお待ちしますから、
夜半に風とともに忍んで来てください。

夜半に風を連れて私が忍んで来れば、
目を覚ました時に誰だといってくれるな。

目を覚ました時に寝床を探ったからといって、
決して怪しいと思わず帰らないでください。

夜明けになって寝床をとってどうしよう、
寝ないで門の外に出て愛を語らいましょう。

（文潮光著『奄美民謡大観　復刻版』）による。訳も同氏によるが、現代風に直した。）

3 奄美の八月踊り歌と歌流れ

男　早らせら早らせ　今少いぐわも早らせや　ハレ大みち
女　大みち端さしや　袖振れば付かる
男　吾きゃもさしなとて　付かり欲しゃやしが　ハレ好ちょぬ
女　好ちょぬ玉黄金　家寄らば解かる
男　どさめさめやちょんば　拝まむんぬ姉妹　ハレ拝め
女　拝めばど知りゅる　拝まむんぬ知りゅめ
男　面影や立たぬ　しぎららぬ時や　ハレ易か
女　易かろな愛女と　易かろな約条
男　むしろ敷ち待ちゅれ　枕取りて待ちゅれ　ハレやわら
女　柔やわしんしょりえば　柔ら声使て

●幸山忠重氏校訂「徳之島八月踊り歌」による。

奄美の八月踊り歌と歌流れ

今日、広く歌われている日本の民謡（民間歌謡）も、それが形成される段階においては、現在とずいぶん異なる状況が存在したものと思われる。民謡が無名の作者の中に現れ広く労働などを通して民衆に歌われるという特徴は、歌が民族的な文化の基層に存在するからであるが、一方に専門的な歌手を輩出しのど自慢的傾向を強く現すことも事実である。これも民謡のもつ重要な性格ではあるのだが、それが民衆の歌う労働や歌遊びなどの場を失い、個人ののど自慢的性格を強めることにおいて、ある意味では民間歌謡としての役割を終える状況を迎えたということが出来るのかも知れない。そのことにより民謡の世界にもタレントの登場が予定されることとなるが、もちろん、その状況も民間歌謡が新時代の文化と融合しながら時代に応じた変容を見せる姿であり、必然的な様態であるといえる。

このような時代の波は、歌唱文化を現在でも色濃く残している沖縄や奄美にも押し寄せている。特に沖縄ではすでに著名な歌手を多く生み出していて、それは国民的に歓迎されている。沖縄的リズムが欧米的リズムと出会い新しい音楽世界が形成される。伝統は尊重されるが、新しいリズムも要求される中に生み出される現在的な歌謡音楽の形成である。これに対して奄美では〈歌手〉ということにまだ抵抗があるように感じられる。それは〈唄者〉であって歌手ではないのである。唄者は唄者と呼ばれることに誇りを持ち、歌手と呼ばれることを拒否する。しかしながら、奄美の若い世代には唄者ではなく、歌手が登場する時代を迎えた。すでに幾人かの若い唄者は、歌手としてデビューしている。奄美の伝統のリズムや感性を巧みに用いて欧米のリズムに乗せる。その伝統と異質との間に、次の世代の新たな伝統が形成されることとなる。唄者と歌手との違いは、唄者は本来の職業を有していることであり、歌手は歌によって生計を立てることを目的としていることである。奄美の唄者はシマ唄大会で優勝してデビューする場合もあり、また舞台に立つことも多いのだが、しかし決して自らの職業を棄てることはしない。そこには唄者であることの誇りを見ることが出来るのであるが、これは〈シマ唄〉が長く民衆と一体であったこと、またそのようにあることを無意識に感じ取っていることによるものであることが知られるのである。祭りがあれば唄い、人々が集まれば唄う。しかも、唄者は歌の場において人々から歌を導き出す役割も果たしている。シマ唄は掛け合いによって成り立つのが基本であるから、唄者は歌の場の先導者となり、また引導者ともなり、次々と唄が出て来ることに心を配り、その歌の場を見事に盛り上げることを心掛ける。歌の場が盛り上がれば、一晩中でも歌い続けることとなる。

もちろん、奄美には著名な唄者や無名の唄者もいる。あるいは、祭りや労働の場においてのみ唄者である場合もある。唄者の現れがさまざまな様態を示すのは、奄美ではまだ歌唱世界が息づいていることを示しているのである。この歌唱の世界がいくつもの水準を持つものであることは明らかであるのだが、しかし、今日の奄美においてもそうした水準が消滅する運命をたどっている。伝統行事そのものが失われつつあることに起因するが、とくに、即興による男女の恋歌の交互唱が消滅したことは惜しまれることであり、また、シマ（集落）ごとの八月踊りも踊り手の老齢化に伴い地区によっては消滅したり、その運命にあるものも少なくない。シマ唄が歌掛けを基本とする歌であることから考えるならば、これらの水準の歌唱文化が消滅し衰滅するということは、シマ唄の運命にとって重大な危機であることになる。それは日本民謡の一般的現状に見るように、歌手によるのど自慢を主とする著名な歌の歌唱大会に歌われる歌としての運命をたどることが予想されるからである。

3-1 組み立てられる歌と踊り

奄美の集落ごとに行われる八月踊り(1)は、年々踊り手の高齢化で縮小あるいは中止されているところもあると聞く。今日では名瀬の市内で行われる奄美祭りにおいて各集落が集まり八月踊りが行われていて、それぞれの集落の八月踊りを見ることが出来る。集落の高齢化や集落の人たちが名瀬の市内に移り住むことにより、集落での八月踊りは維持出来なくなる状況があり、名瀬市内で八月踊りが催されているのである。あるいは、東京には奄美の人たちの集落ごとの八月踊り愛好会がいくつかあり、月に一度の練習会も行われていて、その保存に努めている。奄美の各集落の八月踊りに歌われる歌詞は、恵原義盛氏によれば千百首を越える数が認められるとし、その中から半数の歌詞をまとめて『八月おどり歌詞選集（普及版）』（南海春秋社）として出版している。この歌詞集が出版されたのは昭和五十六年（一九八一）であるが、この段階で恵原氏は「昨今の動向では、農村におけるそれは、消滅の危機にひんしており、その形体が都市における郷友会にかたよりつつあるかにみえます。しかし、都市に在る郷友会のそれも、踊りはできるが、歌を知らない若い層が多く、ために八月踊り本来の薫りが薄れた感が深いばかりでなく、このままゆけば、後数年で歌を知る高齢者がいなくなると同時に、八月踊りは行えなくなり、消えること火を見るより明らかです」（同上

「刊行にあたり」）のように述べていて、その消滅への強い危機感を募らせていたのである。それゆえ、ここに選集を刊行することの意図は、今の内に若い人たちに歌を覚えさせるためなのだと記している。

今日、奄美八月踊りの歌に関する歌詞はいろいろな形で資料化されたり、出版化されたりしている。あるいは、唄者が独自に教本を作成し教室を開いて若い人たちに三味線と唄とを教えている。本来は行事の中で口から口へと伝承によって歌い継がれていた歌詞であるが、農村から若い人たちが都市に移り、伝統行事が次第に衰滅する中で、継承されなければならない集落の文化への危機感がさまざまな歌詞集の成立を促すことになったのである。特に、八月踊り歌はかつてはほとんど行き来のない険しい山間の集落や孤立した海岸沿いの集落・離島まで含めるならば、相当な数に上るものと推測されるものであり、それらは今日多くは消滅したと考えられる。すでに意味の不明な歌詞も含まれ、それを正しく伝承するのは困難さを増す。また、全体としてどのような流れの中に八月歌（八月踊り歌）が存在したのか、そのような問題も残されている。(2)

八月踊り歌の基本は、男女が掛け合う形式を踏むものであり、その始まりはゆったりとした調子で歌われて行き、次第にテンポが早まり、最後は急テンポで終わるという形式が一般的である。このような形式の意味するところは、八月踊りが男女の掛け合いであることから考えるならば、そこには男女の恋愛の進行が表現されているように思われる。すなわち、恋の始まりは初めての出会いであることから男女のゆったりとした調子での語らいが歌われ、次第に熱愛の段階を迎えて感情が高まり、最後には男女の激しい愛の応酬で終わるという形式であることが想定されるのである。徳之島目手久の八月踊り歌について見るならば、

男　　早らせらせ早らせ
　　　今少いぐわも早らせや

女　ハレ大みち
　　大みち端さしや
　　袖振れば付かる

男　むしろ敷ち待ちゅれ
　　枕取りて待ちゅれ
　　ハレやわら

女　柔やわしんしょりえば
　　柔ら声使て(3)

のように、男女の露骨な愛の表現が組み込まれる。赤崎盛林氏が八月踊りは「性欲行為の芸術化」であると指摘しているように(4)、これが男女の性欲行動を舞踊に移し替えたものであるとすれば、八月踊りは男女恋愛の過程がシステムとして演じられていたと考えることが出来るのではないか。男女の初めての出会いの喜びに始まり、相手の名前や住所を聞き、相手の知恵を探り、愛の思いを伝え、結婚へと誘う、そのような恋愛のシステムに沿って歌われたのではないかということである。

今日に残存する八月踊り歌は、そうした一連の中の部分である可能性が考えられる。おそらく、八月踊りの古い形式ほど露骨な内容を留めていると思われ、伊仙町のそれは意味不明の歌詞も見られることから、古層の歌詞が残存しているものと思われる。「早らせらせ」の歌は、道端で女性に誘いを掛ける、いわゆる「道沿い歌」系統の誘い歌であり、男女交接を歌う露骨な内容であることが知られるし、「むしろ敷ち」の歌は、筵を敷いて枕を取り共寝する内容であることが知られる。これは、男女の愛の成就の段階を歌うものであり、八月踊り歌は恋愛システムを内在させた男女の歌掛けであることが十分に推測される。

八月踊りは男女の掛け合いによって歌われるが、さらに恵原義盛氏の解説によれば「八月踊りは、男女交互に次々と相手のうたった歌に関連する歌詞で、うたいついでゆくところに、おもしろさがあるのであるが、うたいつぐには、相手の歌の語句、殊に末節の語を引き取る形の歌詞とか、その歌詞の意を引き取る形の歌詞とかで歌う。これを『あぶし並べ』とも、『うたかけ』ともいい、日本の大昔の歌垣を思わせる連歌である」（前掲書）というように、相手の歌を歌い継ぐためには相手の歌の語句、殊に末節の語を引き取る形の歌詞とか、その歌詞の意を引き取る形の歌詞とかで歌うというのであり、前掲徳之島目出久の歌詞は末節を受け継ぐ形式のものであることを教えている。その「あぶし並べ」を理解するのに適切な「八月やなりゆり」の歌詞は、

一　女　はちぐわちや　なりゅり　　八月は近づいてきたのに
　　　　ふりすでや　ねらぬ　　振り袖の着物はない
　　　　あみしゃれが　みすで　　奥方様の袖衣を
　　　　からし　たぼれ　　貸して下さい

二　男　あみしゃれが　みすで　　奥方の袖衣を
　　　　からそかに　しれば　　貸して上げようと思っても
　　　　なきゃが　きじぬみぬ　　貴女によい人が

三　女　をぅれば　きゃしゅり
わぬやまだ　わらべ
さきまぬれ　なきゃど
きじゃ　みしゃる

四　男　さきまれも　いらぬ
あとまれも　いらぬ
けさぬ　うやほじぬ
しちけさだめ

五　女　けさぬ　うやほじぬ
しまたてぬ　わるさ
かながしま　わしま
まぎり　わかち

六　男　かながしま　わしま
しまたほこ　やしが
あとや　きゃにやすま
よこし　たぼれ⑤

居たらどうするか
わたしは未だ童で
よい人など居りません
先に生まれた貴男こそ
よい人が居る筈だ

先に生まれたことは必要ない
後に生まれたことも必要ない
昔の祖先からの
しきたりである

昔の祖先達の
島造りの悪いことよ
加那の郷と吾が郷を
別間切にするとは

加那の郷と吾が郷は
シマタホコであるから
後はどうなろうと
お越し下さい

のような内容であり、これが男女の掛け合いであることは明らかであり、この歌での歌詞の継承もそれぞれの歌詞に受け継がれていることが知られる。また、これが女性から歌い始められていて、その内容が八月の祭りが近づいたのに振り袖の着物がないから、奥さんの着物を貸して下さいというものであるが、女性は相手が既婚の男性であることを知りつつこのように歌い掛けるのは、女性が男性を挑発する態度であることが知られる。そして、相手が未婚か既婚かを問うことを歌う内容であるところから見ると、男女の最初の出会いの段階の歌であるといえる。これに答えた男性は、妻のいる男性として女性に応じる。奥方の着物を貸してもいいが、貴女によい人がいたらどうしようといい、女性の立場を探るのである。それに対して女性は、自分は童女であり、先に生まれた貴男こそよい人がいるのではないかと探る。ここでは男女の探り合いが中心となり、互いの立場を理解し合う段階の歌である。続いて男性は生まれの前後は考える必要はなく、それは昔の祖先からのしきたりであると諭す。

ここには、年輩の男性と少女という年齢の離れた男女が一対となることで、それを乗り越えて親しくなることを勧めることが歌われる。それゆえに、男性は生まれは関係ないのだと諭すのであるが、それを祖先からのしきたりだというのは、この八月踊りの祭りにおいてという意味であり、そこでは年齢を超えた恋愛が可能だということになるのである。もちろん、この男女に年齢差があるということも事実の場合も虚構の場合もあるのであり、そこには互いに仕掛けられた技を考慮しなければならない。

そこは擬似的な恋愛の場だからである。この男性の諭しによって女性は大きく男性へと接近することとなる。しかし、神様の島造りが下手であったために二人の間には間仕切りがあり（おそらく、別々の集落であり、その行き来が極めて困難であることを示唆している）、逢えないことを嘆く内容へと向かう。しかし、男性は後のことはどうなろうと、自分のシマへ来て下さいと誘うのである。この段階において男女はシマの掟を越えて駆け落ちの世界を暗示する。このようにして掛け合いが行われて行くのであるとすれば、そこには男女の恋愛の流れが展開したということであり、それが八月踊りの中に歌われたことを見れば、八月踊りと恋の道筋を踏む歌掛けとが一体として存在していたということである。

3-2 歌流れ

奄美歌掛けの歌唱システム

このような恋歌の歌い継ぎのシステムは、歌掛けにおける男女対歌の基本となるものであり、それは現在でも歌掛け文化が色濃く残る中国西南地区の壮族などの少数民族に見られる。その恋歌のシステムを〈歌路〉と呼ぶのであるが、[6]そこには恋愛の進行に沿って歌われるいろいろなテーマを見ることが可能なのである。例えば、毛南族では「試喉・邀請・見面・賛美・試探・嘆身・挽留・熱愛・悔恨・怨恨・猜疑・歓嫁・嘱咐・離別・逃婚」のような定式があり、水族では「青春・惜春・見面・分別・約会・求愛・想念・定婚・苦情・分離・逃婚」のように見られる。このような歌路は歌掛け文化圏の中に普遍的に見られるシステムであったと推測されるものであり、[7]おそらく、奄美の歌掛けにおいて歌路に相当する言葉は、先の〈歌流れ〉ではないかと思われる。早くに文潮光氏が奄美民謡に関して以下のように述べているのは、明らかに

〈歌流れ〉が歌路に相当する歌掛けのシステムについてであることが知られるのである。

今でこそ唯漫然雑然と断片的に何等の聯絡も順序もなく極めて無味乾燥な状態に堕してゐるが、昔はすべて一定の方式のもとに歌流れの系統を辿つて歌つたものであつた。そしてそれには二通りの方式があつた。一はちやんと方式の原則の上に組み立てられてゐる各種の流れ歌、たとへば縁の流れとか、思ひの流れとかイロハ流れとか、煙草流れや寅甲流れとか等々の歌を、男女交互に歌つて行くことであり、一は『あぶし並べ』と云つて丁度田の畦道が縦横に続いてゐて、何処にも果しなく聯絡がついてゐるやうに、縦横自在に幾千とある歌詞の中から相手の歌つた歌の語呂や意味を受けついでそれに関係ある歌詞を任意に歌つて行く方法である。

大体歌を歌ふ場合に、相手の歌に全然没交渉な歌を歌つて行くと云ふことは、相手に対し非常に礼を欠くことであり、又恥とされたものであつた。それで流れ物になると歌自身がそう云つた原則の上に組み立てられてゐるので、別に苦心は要らないが、この『あぶし並べ』の方は自由ではあるが、その代わりその場その場の応答に困らない丈けの奇知と平素の用意を要するから一寸苦心する訳である。

蓋し斯の如きは生活のあはただしい現代人にはとても不可能な要求で強盛なる記憶力の所持者であり従つて歌詞に豊であつた昔の人そして造作なく口をついで歌が生まれた昔の人でなくては出来ない業である。

それから次ぎ次ぎに歌つて行く歌曲の順序もほぼ決まつてゐるが之とて今頃多くの人々は無茶苦茶である。初め必ず朝花流行節から諸鈍長浜その次に野茶坊、しゆんかね、芦花部一番、春加那、俊良節、かんつめの類その後に各種の花歌うけくままんじよう、やくるだんど、儀志直、でんなご等々々、最後にかけて今の風雲、うんにやだる、てだぬうてまぐれ、かどくなべかな等に移り別れ節の長雲で終わることになつてゐる。之は主に歌の性質や音階の関係等からで即ち最初は挨拶歌を以て初まり、それから音階の低いものから次第に高いものに移つて行つて歌会の興趣を音楽的に合理化し且つ情熱的に次第に高潮せしめて行くと云ふ仕込みになつてゐる。[8]

ここには奄美の歌掛けについてのきわめて重要な原則が記されている。一つには、歌掛けはすべて一定の方式のもとに系統を辿って歌うもので、それらは〈歌流れ〉や〈あぶし並べ〉の方法によるということであり、二つには、歌う順序が音楽的に組み立てられているということである。一は〈歌路〉に当たる歌の定式を指すものであり、二は曲調による音階の順序である。いずれも、恋愛の流れに沿って恋歌が歌われること、その恋愛の感情の流れに沿って曲調が変化して行くことを述べているのである。昭和初年代は奄美において歌掛けが盛んに行われていた時期であり、歌の組み立ても曲調の組み立てもかなり厳密であったということが出来る。したがって八月踊り歌の中には「これほどの踊りを組み立てたからには、夜が明けて太陽が昇るまで踊りましょう」とか、「歌を変えよう変えよう、節を変えよう変えよう、歌が変わればこそ節も変わるのだ」と歌われている。

この歌流れの中には「思ひ文流れ歌」「花縁流れ歌」の他に「煙草流れの歌」や「芭蕉流れの歌」が見られる。煙草流れや芭蕉流れの歌は、恋歌に関連するが内容は煙草の種を植えて収穫するまでの作業を主とするものであり、芭蕉流れも同じ傾向の歌である。従って、歌流れは必ずしも恋歌に関する歌路ということではないことが知られる。おそらく歌流れもあぶし並べも、その意味するところは歌の順序ということであろう。その中でも歌掛けが男女の恋歌を主とすることにより、それらには恋歌の順序のイメージがあるのだといえる。「思ひ文流れ歌」は、恋する同士の互いの胸を打ち明け合う恋文の交換から、やがて恋が実現して女の家に忍び込んで入るまでの経路を歌ったものであるという（文潮光氏前掲書解説）。まさに、ここには歌路が見て取れるのである。

一　口し云ふことやなぬどまさるとも
　　胸に思ふことやわぬどしきしゆる
　　　口の上ではあなたがまさっているが
　　　胸で思う真実の心は私の方が深い

二　口し云ふことぬ胸に思なれば
　　九日十日隔めイヤリぬこまし
　　　口でいう通り胸の中に真実があるなら
　　　九日十日置きに手紙が来そうなものです

三　九日十日隔めイリヤしどをたが
　　吾イリヤ届けらんよそど怨めしや
　　　九日十日置きに手紙は出しているのだが
　　　手紙を届けてくれない他人が怨めしい

四　よそ頼みで汝イリヤ届けらじあれば
　　墨と筆たので百字たぼれ
　　　他人頼みの手紙が私に届かないならば
　　　更に墨と筆の力で長い手紙を書いて

五　墨と筆たので百字書きならて
　　思ことば笠にとばしらそ
　　　墨と筆の力で百字書き並べて
　　　思う言葉を笠に託して飛ばしてやろう

六　思ことば笠に飛ばそかにしれば　　思う言葉を笠に託してやって
　　若しやよその上に飛べばきやししゆり　　万一他人の上に飛んで行ったらどうしよう

七　飛ばしばし風たので飛ばし　　飛ばしてやれやれ風を頼み飛ばしてやれ
　　真実ぬあれば吾上に飛びゆり　　真実があれば私の上に飛んで来る

八　汝がむたしやイヤリ読まし聞ちみれば　　あなたが下さった手紙を読ませて聞いたら
　　真実ぬことや書しやねらん　　真実なことは一つも書いてありません

九　うれ読だる人やあぜごとど読だる　　それを読んだ人は逆に読んだのです
　　押し返し読ましたぼれ　　折り返し読ませて聞いてみてください

十　押し返し読まし聞ちみれば　　折り返し読ませて聞いてみたら
　　なだにおさはれて聞きやならぬ[9]　　涙に襲われ聞くことが出来なかった

これはさらに二十番まで続いていて、次第に男女の恋情が歌われ、男が女の家に妻問う内容に至るのであり、ここには歌流れの見事な掛け歌が見られるであろう。

この流れ歌が奄美全体でどの程度収集されているのかは明らかでない。名音集落の八月歌に関しては、田畑千秋氏が収集している。田畑氏によれば流れ歌というのは「八月踊りのそれぞれの踊り曲の後につけて歌われる一連の歌群である。その歌群はそれぞれ群ごとにテーマをもっており、その順序も決まっている。つまり、それぞれのテーマによって寄せ集められた歌群であったり、テーマによって連作された物語性を持った歌群であったりする。八月踊りは男女群の歌の掛け合いによって踊られるので、そこにくりひろげられる歌の掛け合いの一つの『流れ』である」[10]という。田畑氏の収集した名音の八月歌は三十四曲あり、これが全てであるということから見れば、ここに歌路の行程が窺われるに違いない。それらのテーマは田畑氏の掲げるところに因れば、

(1) 親ほじ流れ
(2) 桜花流れ
(3) 御十五夜流れ
(4) 一番鶏流れ
(5) 面影流れ
(6) 遊び流れ
(7) 七夕流れ
(8) 真実流れ
(9) 夏の懐かしさ流れ
(10) しめてしめたい流れ
(11) 私は今までは流れ
(12) 打って珍しや流れ
(13) 手振れ振れ流れ
(14) 行こうね玉黄金流れ
(15) あたら八月は流れ
(16) 私の胸の中は流れ
(17) 私は遊び好き流れ
(18) 歌は高々と流れ
(19) 村からでしょうか流れ
(20) 打ち出さぬうちは流れ

（21）御十五夜流れ
（22）白雲流れ
（23）あなた方の歌う歌流れ
（24）女ってば流れ
（25）清ら声流れ
（26）鼓流れ
（27）雨の恨めしさ流れ
（28）踏む石の流れ
（29）送り別れ流れ
（30）愛しくしようしよう流れ
（31）一の三流れ
（32）花の縁流れ
（33）足慣れ流れ
（34）八月節流れ

（以上のテーマはシマ言葉と現代語訳で記されているが、ここには訳のみを挙げた）

のテーマであり、初めの「親ほじ流れ」は先祖の島建てが悪いので二人の間は間仕切りで分けられていることから歌い、自由にならないことを嘆く内容で終わる。以下には男女の恋愛の様々な内容と順序が歌い継がれ、別れ歌になり八月節流れによって結束するのである。ここに並べられている順序が本来のものかは検討の必要があるが、これが中国少数民族の《歌路》と極めて近い関係にあることが知られるのは、テーマは異なっていてもその内容が等しいものの多いことによる。例えば、その一端について田畑氏前掲書の訳の部分を示すと、「踏む石の流れ」は、

踏みつける石でも　花が咲くのを知っているか

あなたは私の心を　探ってみたか
汚れた水の中に　石を投げてみてごらん
あなたは私の心を　探ってごらん

のように、相手の心を探る内容で歌われ、これは歌路の「試探」（あるいは「探情」ともいう）に相当するものであり、「面影流れ」の、

行こう行こうとすると　後面影が立つ
いようというとすると　義理がきつい

別れて行きます　何を形見に置きましょう
汗肌の手ぬぐい　それが形見

いとまごいと思って　さした杯は
涙におそわれて　手に取ることもできない

送り別れをするなら　かねてからしていなさい
明日という日になると　思っているだけ

もう行こうね玉黄金よ
これからさき会う折節が
思っていさえいれば
時節は水車のようなもの
時節をまわそうとすると
年が寄らぬうちに
朝お会いしても
どうして十日も二十日も
面影と縁とを
過ごすことのできない時は
面影と縁とを

いられようか私は
あればお会いしましょう
後先にぞなります
巡ってきてまた会います
年は寄ってゆく
まわしてください
夜にまたお会いしたいのに
離れていられようか
連れて行けようか
泣いていると思え
連れて行けようか

面影は残して　縁を連れて行こう
面影が立って　過ごすときができない時は
子供の声出して　もう泣くばかり

は、明らかに二人の定情（愛の成就）から分離（愛しながらの別れ）へと至る段階の流れ歌であり、形見の交換は定情を示し、面影は別離を歌うものである。

また、（7）の「七夕流れ」は、

天の川を隔てて　照り輝く星でも
一年後の七夕に　出合って会います
天に轟く　七つ星すい星
一年後の七夕に　出合ってお会いしよう

のように歌われるが、七夕をテーマとして歌の流れが詠まれるのは、中国の民族にも見られる方法であり、万葉集が多くの七夕歌を載せるのも、七夕の前後の夜に集団詠の存在したことが知られ[11]、そこには自らの恋の思いを七夕の物語に寄せた「七夕流れ」が存在したことを窺わせるのである。

これらの八月歌の流れは「歌路」という歌唱のシステム（歌の道筋）とほとんど重なるものであることが

知られる。ここに、奄美歌掛けの文化システムが中国西南少数民族との間に共有されていることの事実は、おそらく今後の民間歌謡形成史を考える上で重要な問題となるに違いない。

まとめ

奄美の歌掛け文化は、民間歌謡の形成を知る上に重要な位置にある。そこには歌掛けの文化システム（歌の順序・原則）が存在し、その原則に基づいて男女の歌掛けが展開するのであるが、そのような恋歌の文化システムは、中国西南地区の少数民族に見られる歌掛け文化と重なる。そこには遠い過去において恋歌の、あるいは歌掛けの文化交流の存在したことを考慮にいれなければならない。日本の民間歌謡の一端に、東アジア文化の歌掛けが展開しているのであり、しかも、歌掛けのシステムとしての「歌路」は、奄美において「歌流れ」という言葉によって示されていたのである。そこに奄美の民間歌謡を東アジア文化の研究として成立させることを可能にする問題が存在するのである。

（1）――八月踊りは、一般に八月三節（アラシチ・シバサシ・ドンガ）に行われる。旧暦八月の最初のヒノエの日がアラシチに当たり、前日のシカリの晩から三夜踊り続け、中四日おいてミズノエの日がシバサシとなり、前日のシカリの晩からミズノトの日まで三夜踊り続け、シバサシの後のキノエネの日がドンガとなり、前節と同様に三夜踊り続けるという。恵原義盛編『八月おどり歌詞選集（普及版）』（南海春秋社）解説による。

（2）――各地区の八月踊り歌の収集・研究は、例えば、久万田晋「奄美大島笠利町城前田の八月踊り歌」『沖縄芸術の科学』第四号、内田敦・久万田晋「笠利町宇宿の八月踊り―概観と歌詞の局面から―」『沖縄芸術の科学』第八号など、貴重な調査・研究がなされている。

（3）――徳之島目手久八月踊り歌の資料は、伊仙町の目手久民謡保存会所蔵の幸山忠重氏の校訂によるものである。

（4）――「室外舞踊」『徳之島の唄と踊り』（赤崎盛林先生米寿記念出版会）。なお、酒井正子も徳之島の歌掛けにエロスの力を思わせることを指摘している（「集団の掛け合い歌の世界」『奄美歌掛けのディアローグ』第一書房）。

（5）――本文は、恵原義盛編『八月おどり歌詞選集（普及版）』注1による。歌詞の訳も同書による。なお、歌詞の頭に男・女を私意に付加した。

（6）――辰巳『詩の起原　東アジア文化圏の恋愛詩』（笠間書院）参照。

（7）――内田るり子は、照葉樹林文化の調査から、中国西南から東南アジアの民族にこの歌のシステムの存在を指摘している。「照葉樹林文化圏の歌垣と歌掛け」『文学』一九八四年十二月号。毛南族のシステムについては、蒙国栄・譚貽生・過偉編『毛南族風俗誌』（中央民族学院出版社）による。水族に関しては、範禹編『水族文学史』（貴州人民出版社）による。

（8）――『奄美大島民謡大観　復刻版』（初版は昭和八年八月に南島文化研究社から刊行されている。復刻版は、文秀人氏によって昭和五十八年に私家版として刊行されている）

（9）――本文は、文潮光『奄美大島民謡大観　復刻版』による。訳も同書によるが、私意により現代的に直したところがある。

（10）――「奄美名音集落の八月歌（流れ歌篇）」『奄美郷土研究会報』第三十一号

（11）――辰巳「万葉集恋歌の生態」『詩の起原　東アジア文化圏の恋愛詩』注6参照。

4 万葉集の歌流れ

●歌の流れ
●恋の歌流れ
●旅の歌流れ

●歌流れ
奄美の歌に歌流れがある。労働や生産にかかわってその流れが詠み込まれるものや八月歌などであるが、それは歌の順序を示す定式を指すものであることが知られる。三味線の曲調とも深く関係し、歌は一定のテーマに沿いながら歌われている。

●歌遊び
奄美では、祭りや喜びごとなどがあれば歌の座が設けられ、賑やかに歌の掛け合いが行われる。それを歌遊びと呼んでいる。また、男女の出会いの場としても歌遊びが盛んに行われていた。今は失われてしまったが、この歌遊びも掛け合いによるものであり、歌の流れに沿って歌われていたことが知られる。

歌の流れ

万葉集における集団詠の歌唱システム

歌が文字以前の（あるいは、文字以後においても）音声によって歌うことを目的とする場合には、歌うための何らかの歌唱のシステム（系統）に基づいていたであったろうことは、おおよそ推測される。とくに集団によって歌唱される歌（集団詠）の場合においては、さまざまなシステムによって歌われていたものと思われ、中国西南地域の少数民族の中には合唱や斉唱による歌唱法があり[1]、また、広く見られる対面方式による交互唱・対唱・対歌などの対詠システムが見られ、ここには歌唱のための道筋を示す「歌の路」の存在することが知られ[2]、あるいは、奄美の集団詠の中にも、この歌路に相当する「歌の流れ（流れ歌）」が存在することから見ても、歌唱のシステムが確認される[3]。

歌路も歌の流れも類似する歌唱システムであることが知られるのだが、このような歌唱システムは、もともと共同体における歌唱の文法としての性格を持つものであり、集団詠を成立させるために必然的な定式であったと思われる。むしろ、このシステムが存在しなければ交互唱も対詠歌も成立は不可能であったと思われる。一連の歌唱システムを理解して歌を展開させることが歌の場に参加する者たちの教養であり、専門の歌手はその流れをうまく組み立てることで評価されるのである。そうした歌唱のシステムは、個人的な立場が優先されるものではなく、集団の約束事に基づいて多くの練習を経た者の経験の上で理解されていることである。いわば、そこには歌の共同性が確固として存在する。そして、この共同性を保証する歌唱システムは、以下の五点に集約することが出来ると思われる。

(1) 集団詠は、流れに沿って歌われること—歌の流れ
(2) 歌の流れは、テーマに基づくこと—歌とテーマ
(3) テーマは、システム(系統)を尊重すること—歌唱とシステム
(4) システムは、基本の順序を踏むこと—歌の順序
(5) 基本の順序は、始点から終点へと進められること—歌の始めと終わり

このような集団の歌唱システムは、遡れば彼我の民間において広く行われていた、歌垣や歌遊びなどの歌会の習俗における基本システムであったと考えられるのだが、それは七世紀

から八世紀にかけて成立する、古代日本の万葉集の中にも取り込まれていることが予測出来る。万葉集の歌は歌謡から自立した形式ではなく、民間歌謡から接続して形成された側面を大きく持つと言えるからである。万葉集が都市の文芸として成立する段階においても、集団詠は宴席や遊楽あるいは行旅などの場において展開を示している。もちろん、万葉集は編纂を通して成立している歌集であるから、現存する歌群から原資料としての集団詠を見出すことが出来るのは多くはない。だが、万葉集のいくつかの集団的詠法の歌群からは、上記に想定した歌唱システムに沿うものが認められることも事実であり、そのことを通して万葉集の集団詠が生成する、生態的な側面が見えて来るのではないかと思われるのである。

4-1 梅花の歌流れ

集団詠によって風流な遊びとして成立している事例としては、万葉集に多く見られる七夕歌がある。七夕は民間・宮廷を問わず広く行われていた牽牛・織女の恋物語に纏わる外来の行事であり、公開されることで成立した恋歌が数多く見られる。七夕がその伝説を踏まえていることから、七夕歌はこの伝説の流れに沿って天上の恋とそれに仮託した地上の恋とが集団的に詠まれていたものと推測され、そこには一定の流れが存在したであろうことが知られる。ここに推測される七夕歌の流れを「七夕の歌流れ」と呼ぶことが可能である。もちろん、万葉集に見る多くの七夕歌は、いくつかの歌に七夕の宴の場を明示するものもあるが、採集において集団詠からは切り離されて断片化している歌群であり、七夕の流れを認めるには困難である。他の七夕歌にあっても、この歌流れに沿って採集されたものではなく、また、編纂の手も入っていることから、その流れを正しく復元することは困難である。しかし、万葉集に採集された七夕歌全体を資料として「七夕の歌流れ」を復元することは可能であり、その暫定的な方法によって七夕流れの生態がある程度は予測可能である。

こうした流れ歌を考えるのに相応しい事例は、大宰府で行われた「梅花の宴」の三十二首に及ぶ歌群の存在である。これは天平二年正月に帥である大伴旅人の官邸に集った大宰府官人三十二人による梅花を主題とした集団詠であり、万葉集の中では歌会の全容をほぼ漏れなく伝える貴重な資料である。この歌会は帥旅人の中国趣味に基づいた風流ではあるが、全体の歌のテーマが「梅花」にあり、隠されたテーマとしては「梅花落」のあることが知られる。梅花落は横吹曲であるから、横笛の楽に乗せて梅花落の朗詠及び梅花の歌が歌われたと思われる(4)。いわば、辺境詩である楽府の梅花落に基づいて、同じ辺境である大宰府の役人たちが故郷を思うという趣向が凝らされている歌群であり、さらに序文において歌会の明確な意図と方向性とを示しているのである。しかも、一つのテーブルに八人が着席し、四つのテーブルが用意されていたと考えられている。(5) この席順に基づけば、第一テーブルから歌われ始め、最初が主賓の大宰大弐の紀卿であり、最後が主人の旅人である。以下、ある程度の官位順に基づきながらテーブル毎に歌が進められ、第四テーブルの小野淡理で結束している。三十二首のいずれの歌にも「梅の花」が詠み込まれ、梅花を中心として青柳と競って咲く梅の花、雪と紛う梅の花、鶯の鳴く梅の花、庭に散る梅の花など、さまざまに梅の花の変化する相を詠み継いで行くのである。何よりも主賓である紀卿は、「正月立ち春の来らばかくしこそ梅を招きつつ楽しきを経め」(巻五・八一五)(6) のように、全体に関わる挨拶の歌を詠むのであり、最後の小野淡理は「霞立つ長き春日を挿頭せれどいや懐しき梅の花かも」(同・八四六) のように、長い春の一日を楽しく遊んだが、それでも懐かしい梅の花だと、終宴の歌と思われる内容を詠むのであり、これをもって梅花の歌がすべて結束することから見て、終宴に関わっての歌であったと見られる。

この梅花の宴の歌が梅の花をテーマとしていることから、これを「梅花の歌流れ」と呼ぶことが出来よう。これらは序文によるならば「宜賦園梅聊成短詠」という趣旨にあり、官邸の梅花を見て詠んだものであるが、しかし、必ずしも官邸の梅花に限定されるものではなく、懐かしい故郷の庭の梅花を前提としているものが幾首も見られる。いずれにしても、これらの梅の花はさまざまな相において詠み継がれて行くのであり、そのような梅花の諸相において歌の流れが成立しているのである。さらに、これらの歌うたは梅・柳・雪・鶯・竹・桜・百鳥・霞などの景を織り交ぜて季節の歌を濃厚に漂わせているところに特徴がある。そうした季節の歌としての風雅な内容に彩られながら、一方に、恋歌も見られることに注目される。第一テーブルの五番目の席の豊後守大伴大夫は「世の中は恋繁しゑやかくしあらば梅の花にも成らましものを」(同・八一九) と詠み、また、第四テーブルの六番目の席の小野国堅は「妹が家に雪かも降ると見るまでにここだも乱ふ梅の花かも」(同・八四四) と詠む。三十二首の中の二首であるから、この歌宴に恋歌を詠むのはそれほど相応しいものではなかったのかも知れない。二首の恋歌も遠慮気味の内容であり、恋歌を積極的に詠むという姿勢ではない。しかし、それでありながらこの梅花の宴の歌に恋歌が詠まれているということは、これが純粋に季節のみを要求するものではなく、恋歌をも取り込むことを許容していることの重要性である。換言すれば、季節の歌と恋の歌とが交流を示していることの重要性である。

一方、万葉集が巻八・巻十の両巻に季節歌群を用意したことは、それが編纂上の分類によるとはいえ、和歌の形成と展開とにおいて注目すべき方法であった。しかも、この両巻は雑歌と相聞歌を春夏秋冬の四季に分類するところに特質があり、すでに編纂段階において季節の雑歌、季節の相聞歌という分類の可能性を導き出しているのであり、ここには歌への深い理解が示されていることを知る。このような季節歌の分類意識は、すでに近江朝から出発する季節歌の伝統によって形成されたものであり、それらが持統朝以後に顕著となり、天平期において季節分類歌群へと集約されて行ったものと思われる。こうした万葉集の季節歌群は、当初から雑歌と相聞歌とに区別されて歌われていたわけではあるまい。分類の段階を想定すれば、景物歌から相聞歌を取り出すことで季節の雑歌が分類されることになると思われるが、この想定に立てば編纂以前において季節歌群は雑歌も相聞歌も区別無く存在していたということである。例えば、巻八の春雑歌と春相聞とには、次のような梅の花の歌が載る。

大伴宿禰村上の梅の歌二首

含《ふふ》めりと言ひし梅が枝

今朝降りし沫雪にあひて
咲きにけむかも（一四三六）
霞立つ春日の里の
梅の花
山の下風《あらし》に散りこすなゆめ（一四三七）

大伴宿禰駿河麿の歌一首
霞立つ春日の里の
梅の花
はなに問はむとわが思はなくに（一四三八）

紀女郎の歌一首　名を小鹿と曰へり
闇《やみ》夜ならば宜《うべ》も来まさじ
梅の花咲ける月夜に
出でまさじとや（一四五二）

村上の二首は、今朝の沫雪にあって梅の花が咲いた喜びや、春日の里の梅の花が嵐に散ることを不安に思う歌である。その意味では梅花を通して季節への関心を強く持つ歌であるが、この二首目が次の駿河麿の歌と上句を等しくすることから、そのいずれかが前の歌を受けていることが知られる。しかし、駿河麿の下句は梅の花を「そのハナといふ名のやうに、実のないあだな心で訪ねよる」(『万葉集注釈』)と思わないのだという。これを古くから純粋に梅花を愛でる歌だという理解がある一方に、強く相聞歌としての理解も見られるのは、その背後に梅花をテーマとした季節と恋とが交流しているからではないかと思われる。同じく駿河麿は「梅の花咲きて散りぬと人はいへどわが標結ひし枝にあらめやも」(巻三・四〇〇)と詠み、これは比喩による恋歌である。そのことから見れば梅の花には恋が纏わりついているといえるのであり、そのような関係は藤原八束の二首の梅花の歌「妹が家に咲きたる梅の何時も何時も成りなむ時に事は定めむ」(巻三・三九八)「妹が家に咲きたる花の梅の花実にし成りなばかもかくもせむ」(同・三九九)のように、梅の花の導くものは実に成ることであり、二人の婚姻の成就や結実を示唆する。これは梅の花に限定されるものではなく、一般に花から実になることを導くのは類型的である。また、花は男女密会を暗喩するものであり、花を見に来ることを誘い密会を公的に果たす媒体となる。花の裏にはエロスを示す傾向が強いのである。いわば、花を仲立ちとして男女の関係を接近させるという方法が存在したものと思われ、「われこそは憎くもあらめわが屋前の花橘を見には来じとや」(巻十・一九九〇)「霍公鳥来鳴き響す岡辺なる藤波見には君は来じとや」(同・一九九一)はそうした内容であり、紀女郎も梅の花を理由として男を積極的に誘うのは、このような誘い歌が存在するからであろう。もちろん、女郎の歌は男の訪れないことを怨む歌であるが、一方に恋歌仕立ての梅を愛でる誘い歌としても読み得るものであり、一律には理解出来ない要素を認めなければならない。それゆえに、花は男女関係を纏わせながら多義性の中に置かれているのである。

巻十の季節歌は作者未詳による雑歌と相聞歌であるが、そこにはさまざまな季節の景物が詠まれている。

梅花に限って取り出すならば、

春の雑歌

A1 梅の花降り覆《おほ》ふ雪を
裹《つつ》み持ち
君に見せむと取れば消につつ（一八三三）

2 梅の花咲き散り過ぎぬ
しかすがに白雪庭に
降り重りつつ（一八三四）

3 梅が枝に鳴きて移ろふ
鶯の
翼《はね》白妙に沫雪そ降る（一八四〇）

4 山高み降り来る雪を
梅の花
散りかも来ると思ひつるかも（一八四一）

5 雪をおきて梅をな恋ひそ
あしひきの山片付きて
家居せる君（一八四二）

右の二首は問答

6　梅の花取り持ちて見れば
わが屋前《やど》の
柳の眉し思ほゆるかも（一八五三）

7　わが挿頭《かざ》す柳の糸を
吹き乱る風にか妹が
梅の散るらむ（一八五六）

8　毎年に梅は咲けども
うつせみの世の人君し
春なかりけり（一八五七）

春の相聞

B
1　梅の花
咲き散る園にわれ行かむ
君が使を片待ちがてり（一九〇〇）

2　梅の花
しだり柳に折り交へ
花にまつらば君に逢はむかも（一九〇四）

3　梅の花われは散らさじ

あをによし平城《なら》なる人の
来つつ見るがね（一九〇六）

4　梅の花
散らす春雨いたく降る
旅にや君が廬《いほり》せるらむ（一九一八）

5　梅の花
咲きて散りなば吾妹子を
来むか来じかとわが松の木そ（一九二二）

などである。一方は雑歌、一方は相聞に分類され、問答の歌を除いてそれぞれの関係性は示されていない。いずれも編纂の上で断片化・個別化された歌うたである。辛うじて問答歌があるように、梅花をテーマとして歌のやり取りが行われていたことが知られ、他の梅花の歌も何らかの関係性の中に存在したことは確かである。その関係性を推測させるのは相聞歌である。Ｂ１は男の便りが来るであろうが、待ちかねて梅の花の咲き散る男の家の庭に行こうというように、女の側から男の家を訪ねることの積極的な理由として梅花があることを教えている。女が恋人である男の家を訪うのは人目・人言の対象となり、異常なことであるのだが、梅の花を愛でることを理由とすれば、男女の相会が公的に果たされるということなのである。Ｂ２は梅の花と柳を混ぜて花祭りをすれば、恋人に逢えるだろうかと恋人との相会を祈り、Ｂ３は平城から訪ねて来る恋人のために梅の花を散らさないように努め、Ｂ４は梅の花を散らす春雨を眺めつつ旅にある恋人を思い、Ｂ５は梅の花が散ってしまったら、恋人を来るか来ないかと待つばかりだといい、公に相会する理由を失ってしまうことを嘆く歌である。これらの歌うたからは相互の関係性は知られないとしても、ここには梅の花を通して男女の相会の願いが詠まれるのであり、梅花をめぐる集団詠の中の歌であったことが推測され、当初の場に還元すれば、作者未詳の世界にも「梅の花の流れ」の歌が存在したことを予測させるのである。その梅の花の流れは、梅花が咲き始めた時から散り過ぎるまでの、一連の過程の中で恋が展開するということであったと思われる。そうした展開の流れの中には、雑歌に分類された季節歌が挿入されていたのではないか。

巻八雑歌の阿倍広庭の歌は「去年の春い掘じて植ゑしわが屋外の若樹の梅は花咲きにけり」（一四二三）と梅の花の咲き始めを歌い、その限りでは季節の歌ではあるが、この梅の初花は恋人に見せるため（相会）の花だという理解も可能であり、それは、山部赤人が「わが背子に見せむと思ひし梅の花それとも見えず雪の降れれば」（一四二六）のように、恋人に見せるための梅の花に頻りに降り続く雪を詠むのと重ねられるものであり、雑歌ながら相聞の性格を帯びるのである。巻十雑歌のA1は梅の花に降る雪を手に取り君に見せようと思うが消えてしまうのだといい、A2は梅の花が散り過ぎた後にも雪が降り続くことをいい、A3は梅の木に来て鳴く鶯の羽根には雪が降るといい、A6・7・8には恋の雰囲気を湛えた歌が続き、梅花の諸相が詠まれて行くのである。阿倍広庭の梅花の咲き始めの歌に始まり、B5の梅花が散って恋人に会う術が無くなったところまで、これらの歌うたを通して梅の花の流れが推測されるのではないかと思われる。また、梅花は鶯と組み合わされることから考えるならば、巻十の雑歌に「うちなびく春立ちぬらしわが門の柳の末に鶯鳴きつ」（一八一九）のような春の初めの歌や、人麿歌集に見る相聞の「春日野の友鶯の鳴き別れ帰ります間も思ほせわれを」（一八九〇）「春山の霧に惑へる鶯もわれにまさりて物思はめや」（一八九二）

のような別れ歌や恋の歌もここに参加して来る。これらを総合するならば、梅花の流れは初花と初恋とが重ねられる歌から始まり、季節の移ろいの中で恋の展開を示し、最後は花が散り過ぎて行く中に恋の終わりを詠むというシステムによって詠み継がれていたのではないかということが推測されるのである。

4-2 もみじの歌流れ

このような流れ歌を季節の歌からたどるならば、夏にはホトトギスの多く詠まれる背後に「ホトトギスの歌流れ」の存在したことが推測され、秋は「七夕の歌流れ」の存在したことが推測されよう。それらは集団詠の中で成立するものであり、そこには恋の歌と季節の歌とが綯い交ぜに組み合わされながら、恋の物語が組み立てられて行ったのではないか。こうした季節への強い関心は、結果的に都市において洗練された風雅であり、梅花の歌に象徴されるような都市的な歌遊び（文芸サロン、或いは文芸サークル）の場の存在したことが知られる。

そうした集団詠の残存している歌群に、天平八年に新羅へ派遣された使人たちの詠んだ一群の歌がある。目録によると「天平八年丙子夏六月、遣使新羅国之時、使人等、各悲別贈答、及海路之上慟旅陳思作歌并、当所誦詠古歌　一百四十五首」とあり、ここに収められた歌うたは、出発時の別離の悲しみから詠まれ始めて帰任に及ぶまで、連続した歌の流れの見られる歌群であり、整理されてはいるが歌の場を明確に示す歌うたが載せられていて、古歌の誦詠も含めて歌が詠まれ継がれて行く過程の知られる貴重な歌群である。しかも、これらの多くは集団詠の場を持ち、当時において歌がどのようにして詠まれ継がれたかを知る上でも貴重な資料である。この新羅使人たちの歌うたも集団による歌遊びの性格の強いものである。古歌に限らずに当所誦詠による使人たちの集団詠であるが、多くは「船泊之夜」に詠まれたものであり、順風を得ずに数日に及ぶ船泊りの中で詠んだという記録も見られる。その状況から見てもこの歌群が歌遊びとして成立していることは明らかであり、当時の貴族たちの家のサロンや都市の宴楽などにおいて広く行われていたと思われる歌遊びの形式を踏みながら、場や状況に即した題によって詠み継がれたものといえる。

この歌群において注目される点はいくつも存在するが、ここには、仮に名付ければ「船発ちの歌流れ」「船旅の歌流れ」「七夕の歌流れ」「月夜の歌流れ」「ふるさとの歌流れ」「旅の空の歌流れ」「旅宿りの歌流れ」などのような、連続して詠まれ継がれる集団詠を見ることが出来る。(7) これらに続いて往路最後の「竹敷浦船泊之時、各陳心緒作歌十八首」は、土地の娘子（遊行女婦）をも含めた歌遊びの行われた歌群であり、題詞にあるように各人の心緒を述べるものでありながら、「黄葉」を主題に据えることで歌が詠み継がれていることが知られ、これを黄葉をテーマとした「もみじの歌流れ」と呼ぶことが可能ではないかと思われる。

C1　あしひきの山下光る黄葉の
　　散りの乱《まが》ひは
　　今日にもあるかも（三七〇〇）

右の一首は、大使

2

竹敷の黄葉を見れば
吾妹子が待たむといひし
時そ来にける（三七〇一）

右の一首は、副使

3

竹敷の浦廻《うらま》の黄葉
われ行きて帰り来るまで
散りこすなゆめ（三七〇二）

右の一首は、大判官

4

竹敷の宇敝可多《うへかた》山は
紅の八しほの色に
なりにけるかも（三七〇三）

右の一首は、小判官

5

黄葉の散らふ山辺ゆ
漕ぐ船のにほひに愛《め》でて
出でて来にけり（三七〇四）

6

竹敷の玉藻靡《なび》かし漕ぎ出なむ
君が御船を
何時とか待たむ（三七〇五）

右の二首は、対馬の娘子名は玉槻

7
玉敷ける清き渚を
潮満てば飽かずわれ行く
帰るさに見む（三七〇六）

右の一首は、大使

8
秋山の黄葉を插頭《かざ》しわが居れば
浦潮満ち来
いまだ飽かなくに（三七〇七）

右の一首は、副使

9
物思ふと人には見えじ
下紐の下ゆ恋ふるに
月そ経にける（三七〇八）

右の一首は、大使

10
家づとに貝を拾ふと
沖辺より寄せ来る波に
衣手濡れぬ（三七〇九）

11
潮干なばまたもわれ来む

いざ行かむ
沖つ潮騒高く立ち来ぬ（三七一〇）

12
わが袖は手本通りて濡れぬとも
恋忘れ貝
取らずは行かじ（三七一一）

13
ぬばたまの妹が乾すべくあらなくに
わが衣手を
濡れていかにせむ（三七一二）

14
黄葉は今はうつろふ
吾妹子が待たむといひし
時の経《へ》ゆけば（三七一三）

15
秋されば恋しみ妹を夢にだに
久しく見むを
明けにけるかも（三七一四）

16
一人のみ着ぬる衣の紐解かば
誰かも結はむ
家遠くして（三七一五）

17
天雲のたゆたひ来れば
九月《ながつき》の黄葉の山も

うつろひにけり（三七一六）

18
旅にても喪《も》無く早来と
吾妹子が
結びし紐は褻《な》れにけるかも（三七一七）

ここでの一つのグループはC1からC8までであり、大使（阿倍継麿）から始まり玉槻を挟み、副使の歌で区切られる。大使から始まり官職の順に配列されるのは、官職を尊重した可能性もあるが、一つの纏まりがここに想定される。続くC9の大使の歌から最後へと至る形でもう一つの纏まりが進行したものと思われる。大きく分ければ二つのグループであるが、これらの流れには黄葉が基調にあり、同所・同時に展開したある程度原型を残す歌流れの歌であったと思われる。また、大使の歌が冒頭に来る例は、七夕歌三首の一首目に見られ、それ以外は官職による配列意識は見られない。この三首は「七夕仰観天漢、各陳所思作歌」（三六五六題詞）とあり、大使以外の名は見えない。各自が所思を述べた歌だというが、歌数の少ないのが気になり、類型的な歌は選別され排除されている可能性もあろう。その意味で当該の竹敷の浦の歌群が整然としているのは、この歌会が往路最後となり、翌朝には新羅に向けて海峡に漕ぎ出すという緊張感も加わって纏まった歌遊びが開かれ、一連の歌群を生み出したものと推測される。ここに、土地の女性である玉槻が参加しているのは、玉槻がこの地の著名な専門歌手（遊行女婦）であったことによるのであろう。都の官吏たちが地方に赴任して宴席に遊行女婦を招くことは珍しいことではなく、ここでも玉槻という土地の女性を招いて宴が開催されているのである。そのことから見れば、玉槻は歌の専門性を持つ女性として土地の歌舞音曲を披露し、歌遊びに参加したということが推測される。対馬が半島との交流の拠点であることから見れば、ここには歴史的に都や半島の文化が累積されていて、都人たちを持てなす洗練された遊行女婦たちが存在したものと考えられる。

ここで大使に始まり玉槻を挟み副使で終わるC1からC8の流れは、大使による「山下光る黄葉」が主題として提示され、副使の黄葉の時に待つといった妻へと視点が移り、大判官はこの黄葉は帰り来るまで散るなといい、小判官は宇敝可多山を彩る黄葉の美を賞美するというように、黄葉が一貫して詠み継がれている。各自の所思を述べる歌であるが、黄葉が主題となるのは、当所誦詠の性格によるが、しかし、あらかじめ主題が提示されていなければこのように黄葉を詠み継ぐことは不可能であろう。歌の流れに主題を選択するのは、最初の先導する歌が重要な意味を持つのかも知れない。排列を尊重するならば、大使の黄葉の歌が全体を統括したともいえる。あるいは、玉槻が黄葉に言寄せてこの美しい船に来たのだという挨拶の歌を詠み、二首目では旅の安全を祈る送別の歌を詠む。この玉槻の挨拶の歌と送別の歌は、遊行女婦の得意とする歌い方であったと思われ、玉槻の挨拶の歌は冒頭を飾ったものかも知れない。そう考えると、このグループは首尾一貫する。そして、玉槻の送別の歌に答えたのがC7の玉を敷いた渚を行くが帰りにしっかり見ようという大使の歌であり、玉敷は玉槻からの連想かと思われる。続く副使はC8で再び黄葉に主題を戻し、さらに大使の潮満ちを受けて、黄葉を插頭し遊ぶのが飽きないのに、浦の潮が満ちて来たので出発の時が近づいたことを詠む。

続くグループの最初はC9の大使であり、ここでは下紐を通して妻への恋を詠み、以下は作者未詳の歌が続く。10は家裏の貝により家の妻を示唆し、11は家裏の貝は潮が引いた時に拾うとして潮が高くなったので出発の条件が整ったと詠み、12は例え袖が濡れても貝は拾って行くことを願い、13では濡れた袖を干してくれる妹はいないのに濡らしてどうするのかと諌める歌へと継がれる。ここまでは家裏の貝をめぐる一連の展開を示している。続いて14では妹が黄葉の時に待つといった日は過ぎたといい、15ではその妹をゆっくりと夢に見たいが夜が明けたといい、16では一人紐を解いたら結んでくれる妹はいないといい、17ではこの旅で日を過ごしている内に黄葉は移ろい始めたといい、18では長い旅によって妹の結んだ紐は萎えてしまったという。大使により提示された妻の下紐を契機として、妹への思いを基調に美しく彩る竹敷の浦の黄葉が重ねられながら、これらの歌が流れとして展開し全体が結束する。題詞は当所所思の歌としてはいるが、ここに貫かれているのは散り始めた黄葉の美しさを主題としながら、故郷に残してきた妻や恋人への思いが歌われて行くという形式であり、季節と恋という枠組みを踏まえながら歌い継がれたものであることが知られよう。そうした展開を可能とするのは、歌遊びの形式を踏まえるからであり、この一連の歌の流れについて「もみじの歌流れ」と呼ぶことは許されるであろう。

4-3 萩の花の歌流れ

歌遊びの場が明示された集団詠の歌には、そこに一定の歌唱システムを想定することが出来るということである。しかし、作者未詳の中に埋没した歌うたが、本来どのような歌唱システムを取っていたのかは明確にし難い。ただ、巻十の作者未詳の歌には寄物の歌に分類出来る程度の一定の数を持つ歌群があり、これらは編纂による分類以前に、季節の景物を主題に詠む流れ歌の中に存在したのではないかと思われる。そこには、ホトトギスの流れや七夕の流れが想定出来るように、月夜の流れや雨夜の流れ、あるいは花鳥の流れなど、いくつかの景物が重ねられながら展開する流れ歌も存在したことであろう。例えば、巻十五所収の中臣宅守が狭野茅上娘子に贈った最後の七首は「寄花鳥陳思」べた歌だという。一首目に花橘を詠み以後の六首にはホトトギスが詠まれ、花鳥の恋歌が展開している。二人の恋愛事件を縦糸としながら、季節を横糸として組み立てられる恋物語がここには一部だが見られるのである。

作者未詳の歌群について見ると、巻十の秋雑歌部には萩の花を詠んだ多くの歌が見られる。萩の花は万葉集中に最も多く詠まれた花であるが、これらの作者未詳の歌うたはどのように詠まれたのか。これは万葉集の作者未詳歌の出自に関わる問題であり、また、作者を不明とする歌うたが文字に写し取られる以前に、それらが何のために、どのように存在したのかということに関わる問題でもある。ここに推測されるのは、歌が歌遊びとして存在したであろうということであり、その歌遊びを成立させるために、歌の流れが存在したのではないかという推測である。そこには、初花から移ろい散るまでの流れが想定されるのであり、また、恋の始まりから終わりへと至る恋の流れと重ねられるものではなかったかという推測である。萩の花を詠む歌群には、そのような歌の流れが想定出来るように思われる。これを巻十に見られる雑歌の「詠花」と相聞の「寄花」とを重ねながら、配列を変えて歌の流れを示すと次のようになる（なお、ａは雑歌、ｂは相聞歌の所収歌）。

①花を待つ歌

Da1 この夕《ゆふへ》秋風吹きぬ
白露にあらそふ萩の
明日咲かむ見む（二一〇二）

2 わが屋前《やど》の萩の末《うれ》長し
秋風の吹きなむ時に
咲かむと思ひて（二一〇九）

3 わが待ちし秋は来りぬ
然れども萩の花そも
いまだ咲かずける（二一二三）

②初花の歌

Da4 わが屋前に咲ける秋萩
常にあらば
わが待つ人に見せましものを（二一一二）

5 手もすまに植ゑしも著《しる》く出で見れば
屋前の早萩

咲きにけるかも（二一一三）

6 白露に争ひかねて咲ける萩
散らば惜しけむ
雨な降りそね（二一一六）

7 少女らに行逢《ゆきあひ》の早稲を刈る時に
成りにけらしも
萩の花咲く（二一一七）

8 恋しくは形見にせよと
わが背子が
植ゑし秋萩花咲きにけり（二一一九）

9 見まく欲り
わが待ち恋ひし秋萩は
枝もしみみに花咲きにけり（二一二四）

b1 何すとか君を厭はむ
秋萩のその初花の
歓しきものを（二二七三）

2 咲けりとも知らずしあらば黙然《もだ》もあらむ
この秋萩を
見せつつもとな（二二九三）

③花の盛りの歌

D

a

10 白露の置かまく惜しみ
秋萩を折りのみ折りて
置きや枯らさむ（二〇九九）

11 わが衣摺れるにはあらず
高松の野辺行きしかば
萩の摺れるそ（二一〇一）

12 秋風は涼しくなりぬ
馬並めていざ野に行かな
萩の花見に（二一〇三）

b

3 雁がねの初声聞きて咲き出たる
屋前の秋萩
見に来わが背子（二二七六）

4 わが屋前の萩咲きにけり
散らぬ間に早来て見べし
平城《なら》の里人（二二八七）

5 草深み蟋蟀《こほろぎ》多《さは》に鳴く屋前の

萩見に君は
何時か来まさむ（二二七一）

④花を愛でる歌

D a 13
秋田刈る仮廬《かりほ》の宿のにほふまで
咲ける秋萩
見れど飽かぬかも（二一〇〇）

14
春されば霞隠りて見えざりし
秋萩咲きぬ
折りて插頭《かざ》さむ（二一〇五）

15
沙額田《さぬかた》の野辺の秋萩時なれば
今盛りなり
折りて插頭《かざ》さむ（二一〇六）

16
玉梓《たまづさ》の君が使の手折りける
この秋萩は
見れど飽かぬかも（二一一一）

b 6
萩の花
咲けるを見れば君に逢はず
まことも久になりにけるかも（二二八〇）

7 ゆくりなく今も見が欲し秋萩の
しなひにあらむ
妹が姿を（二二八四）

⑤落花を惜しむ歌

D
a
17 さ雄鹿《をしか》の心相思ふ
秋萩の時雨《しぐれ》の降るに
散らくし惜しも（二〇九四）

18 奥山に住むとふ鹿の
初夜《よひ》さらず妻問ふ萩の
散らまく惜しも（二〇九八）

19 秋風は日にけに吹きぬ
高円《たかまど》の野辺の秋萩
散らまく惜しも（二一二一）

b
8 秋萩を散り過ぎぬべみ
手折り持ち見れどもさぶし
君にしあらねば（二二九〇）

⑥落花の歌

D

a

20 真葛原なびく秋風吹くごとに
阿太《あだ》の大野の
萩の花散る（二〇九六）

21 朝霧のたなびく小野の萩の花
今か散るらむ
いまだ飽かなくに（二一一八）

22 春日野の萩は散りなば
朝東風《あさこち》の風に副《たぐ》ひて
此処に散り来ね（二一二五）

23 秋萩は雁に逢はずと言へればか
声を聞きては
花に散りぬる（二一二六）

24 秋さらば妹に見せむと植ゑし萩
露霜負ひて
散りにけるかも（二一二七）

b

9 わが屋戸に咲きし秋萩散り過ぎて
実になるまでに
君に逢はぬかも（二二八六）

10 藤原の古りにし郷の秋萩は
咲きて散りにき
君待ちかねて（二二八九）

⑦萩と恋

Da

25 わが屋外に植ゑ生したる秋萩を
誰か標刺す
われに知らえず（二一一四）

26 秋萩に恋ひ尽さじと思へども
しゑや惜し
またも逢はめやも（二一二〇）

27 大夫の心は無しに
秋萩の恋のみにやも
なづみてありなむ（二一二二）

これらは雑歌と相聞に脈絡なく集められた歌を花の初めから落花に至るまでに組み替えたものであるが、当然ながら花の移り変わりの折ごとに歌が詠まれれば、その段階の歌が必然的に存在するということであるから、それをこのように排列するのは恣意的な問題であるという批判も可能である。しかしながら、歌をうたう、あるいは、歌を詠むという行為を考えるならば、それらがどのように歌われ詠まれたのかということに対する説明は積極的になされていないのが現状であろう。これらが季節への深い関心の中から詠まれていることは知られるのだが、そうした季節が恋歌と共存して存在するのが分類以前の歌であることを認めるならば、萩の花に恋が深く関わりながら歌われたと考えるのは自然である。そのような姿は、雑歌の萩の歌の中にもａ4、8、24に恋が詠まれていることからも知られ、⑦の雑歌の萩の歌は恋歌として成立しているものであり、そのような中に萩の歌が存在したということなのである。

萩の花の開花を待ち望むというのは、萩の花への賞美が優先するのではなく、むしろ、花が咲けば男女が公的に相会（密会）出来るという名目があったことによる。ｂ3では「屋前の秋萩見に来わが背子」と、女性から積極的に男を誘うのであり、ａ24には妹に見せるために萩を植えたといい、花を媒介とすることで男女の相会を可能とする。また、萩は男が形見として植えて、恋しくなったら見よというのであり、萩の花は恋しい男にも仮託される。花は男女に共通の相会のための媒介物であり、形見でもある。萩の咲くことが詠まれるのは恋人に会うことの出来る時であるからであり、萩の花が咲いたと喜ぶ背後には、恋人に会うことの出来る期待があるということになる。ｂ1には、どうして君を厭うことがあろうかといい、秋萩のその初花のようにあなたは歓しいのだというのは、萩の花と恋人とが重なり、花は恋人そのものへと変質するのである。しかし、花は散り始めても恋人に逢うことが出来ずに、ｂ9のように「実になるまで」も男に逢えないことだと怨む。萩の初花から花が盛んに咲き誇り、そして花の散り過ぎるまでに、男女の恋の物語が紡ぎ出されているのである。

もちろん、萩は単独で詠まれるだけではなく他の景物と重ねられながら詠まれるのであり、ａ6の白露や

ａ17の鳴く鹿、あるいはａ23の雁などにも重ねられる。巻十秋雑歌の「詠露」には「白露と秋の萩とは恋ひ乱れ別くこと難きわが情かも」(二一七一)のように、白露と萩とはすでにそれ自身が分けることを不可能とする、男女の関係を示すのであり、その上に立って自らの恋の関係を結びつつも、これが雑歌として形成しているところに特徴がある。あるいは、「詠鹿鳴」には、

さ男鹿の妻ととのふと鳴く声の
至らむ極《きはみ》
なびけ萩原 (二一四二)

君に恋ひうらぶれ居れば
敷の野の秋萩凌《しの》ぎ
さ男鹿鳴くも (二一四三)

雁来れば萩は散りぬと
さ男鹿の鳴くなる声も
うらぶれにけり (二一四四)

秋萩の恋も尽きねば
さ男鹿の声い続《つ》ぎい続ぎ
恋こそ益れ（二一四五）

と詠まれ、萩と鹿との組み合わせの中に季節の歌が成立している。しかも、ここで重要なことは、さ雄鹿の鳴く声から鹿の恋を導いていることであり、鹿の声を通して自らの恋歌を成立させているということである。さ雄鹿といえば恋という枠組みが形成されるのであり、雑歌に分類されながらも、これらが恋歌であるというところに、いわゆる「季節と恋」という関係の未分化の問題があるといえる。

4-4 物に寄せる歌と歌の流れ

歌が恋歌を基本として成立している事情から考えると、季節の景物への関心は新たな展開を示した姿である。しかし、季節の景物に関わらずに恋歌が詠まれていることも事実であり、その事情を示す歌は、万葉集の編纂の段階で「寄物」として分類された。巻十一の「古今相聞往来歌類之上」、巻十二の「古今相聞往来歌類之下」は姉妹編であり、そこに多くの寄物の歌群を見ることが出来る。いわゆる「寄物陳思」の歌うたである。これらの歌の出自も不明であるが、中には漢文的知識が読みとれるという指摘もあるから、[8]

古今相聞の分類が示すように古体と今体の歌とが集められ、さらにその収集の範囲も広いものであることが予想される。しかも、この二巻にはある程度整然とした排列が施されていると見られ、歌を類聚する規範の存在したことを窺わせる。そうした排列の類型について、武田祐吉氏が人麿歌集の寄物が神祇部、地部、天部、植物部、動物部、人物部、器物部の順序になることを指摘して以来、[9]巻十一・巻十二における寄物の排列についても、徳田浄氏や鴻巣隼雄氏などが整理を行なっていて、[10]そこには一定の分類規範のあることが明らかにされたのである。

たしかに、巻十一・十二の両巻に見られる寄物陳思歌には、物を分類するための方法を生み出していることが知られる。徳田氏の整理に基づくならば、

人麻呂歌集出の歌

巻十一　寄物陳思　神祇部、地部、天部、植物部、動物部、器物部

巻十二　寄物陳思　衣服部、神祇部、天部、地部、植物部

逸名氏作の歌

巻十一　寄物陳思　衣服部、器物部、神祇部、天部、地部、植物部、動物部

巻十二　寄物陳思　衣服部、器物部、天部、地部、植物部、器物部、動物部

のように排列されているのだとする（前掲書）。この排列順には新たな整理も行われ、また、人麻呂歌集の排列の独自性も認められているので、[11]細かな相違は現れるものと思われるが、大まかにはこのような排列が古今相聞往来歌を寄物によって分類した時の基準であったということである。そうした排列の規範は、李嶠

の「百二十詠」や『芸文類聚』等の類書の排列を予想させるものではあるが、それがすでに人麿歌集の段階で形成されているのであるとすれば（徳田氏前掲書）、歌集の編纂という中に見出された分類の方法であったということになる。

もちろん、それらは編纂上の分類であり、寄物の「物」が分類の枠組みに収まるという保証はない。一つの歌に幾つかの物が詠まれる場合には、それを分類する基準が失われるからであり、そこに分類方法の限界が現れるはずである。それでありながら一定の物を基準として分類するのは、明らかに編纂の都合によるからである。だが、そのような編纂上の分類に基づく物のレベルと、歌に選択されて詠まれることによって成立する物のレベルとには、自ずから相違がある。むしろ、物を詠むとはどのようなことかという問題を対象とするならば、この寄物への理解が得られるものと思われる。

物を意図化あるいは特化して詠むという事例は、巻十六の戯笑歌に見られる。長意吉麿は人々の集った宴会で、夜更けに至り狐の声が聞こえたので饌具、雑器、狐の声、河、橋などの物に掛けて歌を詠めと勧められて「さし鍋に湯沸かせ子ども櫟津の檜橋より来む狐に浴むさむ」（三八二四）と詠んだという。ここには当時の宴会における余興が顔を覗かせているのだが、その余興の一つとして「詠物」という歌の方法の存在したことを示唆している。これらの物は目前の器具であり、狐とその通り道の河や橋であり、それらを繋いで一つのストーリー性を持たせるという、当所即詠の性格を見せる歌だが、そこに意吉麿の専門的な技が見られるのである。意吉麿はこれに続いて「行縢、蔓菁、食薦、屋梁」「香、塔、厠、屎、鮒、奴」「酢、醬、蒜、鯛、水葱」など、数種の物を詠み繋いで行く歌を詠んでいて、これが意吉麿の技芸であったことが窺える。もちろん、これは意吉麿のみではなく忌部首も境部王も同じように数種の物を詠む歌を残しているのであり、いずれも宴席の余興での戯れ歌と思われるが、こうした物を詠むことの系譜がどこかに存在していたことが理解される。特に、宴席においてある状況が生じると突然に指名されて歌を詠むことになることから、そこには即興に対応出来るだけの能力がなければならない。このような物を基準として歌を詠むという専門的な智恵を保証するのが、先に述べてきた「歌の流れ」ではないかという想定である。これらの数種の物を一人で連続して詠むのは、戯笑化を意図するからであるが、物を連続して詠み継いで行くということにおいては、歌流れの誇張化された姿を留めているように思われる。専門的な歌人とは、その場に応じて物を取り込み、こうした物を連続的に即詠することが出来る者であり、まさに歌の流れを理解している者だといえる。

集団詠における歌の流れは、先に見て来たようにテーマ（主題）を必要とするのであり、そのテーマは現在の歌の場を基準として選択される「物」であると考えられ、その基準に寄り添いながら歌が展開を示すのである。季節の歌流れは、季節の景物を基準としてその移ろいを取り込むという意味では、かなり高度な集団詠であったと思われる。それに対して巻十一・巻十二の寄物歌は、天象に始まり器物に至るまで、さまざまな物によって詠み継がれて行くのを特徴としている。この歌の内部に選択された物が、編纂における分類の物との差異の現れるところであり、歌の内部に選択された物によって、物を詠むことの意味も理解されるのではないかと思われる。例えば、巻十一の寄物陳思の前半部には神・天地・山・川・水・荒磯・海・沼・土・石・玉・雲・霧・雨などのように続く。

少女らを袖布留山の瑞垣《みづかき》の
久しき時ゆ

思ひけりわれは（二四一五）

月見れば国は同じそ
山隔《へな》り愛し妹は
隔りたるかも（二四二〇）

ちはや人宇治の渡の瀬を早み
逢はずこそあれ
後もわが妻（二四二八）

愛《は》しきやし逢はぬ子ゆゑに
徒《いたづら》に宇治川の瀬に
裳裾濡《ぬ》らしつ（二四二九）

荒磯越し外《ほか》ゆく波の外ごころ
われは思はじ
恋ひて死ぬとも（二四三四）

神も天地も恋の神聖性や成就への祈りを歌うグループであったと思われ、山は二人を隔てるもののグループ、川は天の川を示唆しつつ、早い瀬は二人を隔て、静かな流れは後の出会いを、川を渡るのは駆け落ちを示唆する纏まりのあるグループ、荒磯を越す波は激しい恋心を歌うグループといった、内容ごとのグループの存在したことを窺わせる。これらの物は今の心を展開するための重要な対象であり、それぞれのグループが恋の物語を構成する物や景なのである。

また、後半部冒頭に見られる衣服部・器物部に分類されるものには、韓衣・解衣・摺衣・塩焼衣・八入の衣・濃染の衣・衣手・古衣・紐・帯・枕・木枕・手枕が詠まれて、これらに寄せて恋の思いが歌われている。ここに詠まれる物はごく身近なものであり、いずれも身体的なところに男女を接近させるテーマであるから、そこには分類や排列を越えて示される、一定の意味と流れが類推されるのである。

E
1 朝影にわが身は成りぬ
韓衣《からころも》裾の合はずて
久しくなれば（二六一九）

2 解衣《とききぬ》の思ひ乱れて恋ふれども
何そ汝《な》がゆゑと
問ふ人もなき（二六二〇）

3 摺衣着《すりころもけ》りと夢見つ

現《うつつ》には誰しの人の
言《こと》か繁《しげ》けむ（二六二一）

4
志賀の白水郎《あま》の
塩焼衣《きぬ》の穢《な》れぬれど
恋とふものは忘れかねつも（二六二二）

5
紅の八入《やしほ》の衣朝な朝な
穢れはすれども
いやめづらしも（二六二三）

6
紅の濃染《こそめ》の衣
色深く染《し》みにしかばか
忘れかねつる（二六二四）

7
逢はなくに夕占《ゆふけ》を問ふと
幣《ぬさ》に置くにわが衣手は
又そ続ぐべき（二六二五）

8
古衣打棄《うつつ》る人は
秋風の立ち来る時に
もの思ふものぞ（二六二六）

9
はね蘰《かづら》今する妹がうら若み
笑みみいかりみ

着けし紐解く（二六二七）

10 古の倭文機《しつはた》帯を結び垂れ
誰とふ人も
君には益《ま》さじ（二六二八）

11 逢はずともわれは怨みじ
この枕われと思ひて
枕きてさ寝ませ（二六二九）

12 結ひし紐解かむ日遠み
敷栲のわが木枕は
蘿《こけ》生しにけり（二六三〇）

13 ぬばたまの黒髪敷きて
長き夜を手枕の上に
妹待つらむか（二六三一）

これらの歌は、ある段階に至り独立した伝誦歌（山歌系）となったものであると思われる。本来どのような場で、どのように詠まれていたのかは不明であり、その関係性を取り出すことも出来ないことにより、独詠歌の範囲で理解するしか方法はない。しかし、これらが一首のみ独立して歌われたということの方が不自然であり、例え独詠によるとしてもその詠まれた環境の説明が必要であろう。ここに排列された歌うたが同一の環境の中で成立したことの保証は無いが、これらに見られる衣服や紐あるいは帯や枕などの「物」の語るものは、歌がこのような素材を媒介として歌われたということであり、そのことに注目すべきである。これらは編纂の都合に因るだけのものではなく、歌の内部に必然的に要請された素材であり、それらを通して成立するところの歌うたなのである。

このような衣服や紐やあるいは帯や枕などが素材として詠まれるのは、そこに一連の流れがあることを示している。しかも、これらが愛の表現の素材となるのは、明らかに男女の関係性をエロスへと導くための素材であり、衣服から順次に紐や帯や枕という極めてプライベートな素材へと向かうことを目的に流れている歌だということである。集団詠の中の歌だとすれば、服は脱ぐ方向へ、紐も帯も解く方向へ、枕は共寝する方向へという流れが期待され、聞く者の興奮を誘う内容の段階のグループの歌であることが理解されるのである。そうした類聚性は編纂の方法を一方に持ちながらも、本来は歌の流れに沿う類聚であったと考えるべきであろう。E1では恋に窶れて韓衣（高貴な衣服を意味するか）の裾が合わなくなったのは、相手と逢うことが久しくなったからだという。これは相手への非難であり、怨みでもある。E2では脱いだ衣服が乱れるように、自らの乱れた恋心に対して「私のせいか」と聞く人が無いことを嘆くのも、相手への非難や怨みである。解衣の乱れは、本来は衣服を脱いで男を寝室で待つ女の姿を想像させるものであり、そこに女の艶な姿態が醸し出されている。E3では摺染めの衣を着ているという夢を見て、色に出ることを予感しながらも、それは誰との仲なのだろういうのは、女が男を挑発する内容であろう。自分との仲を噂されるべき男を誘う歌であり、誘い歌の類である。E4の志賀の白水郎の塩焼衣は萎えることの定型であり、そこから恋に馴れはしたが恋は心から離れないというのは、二人の深い関係が継続していることをいうのであり、相愛の歌である。Ｅ５は何度も深く染めた服も毎朝着て萎えているが、そのように馴れた恋人は一層愛しいのだというのも、相愛を意味する。これはＥ６も同じく、濃く染めた服のように、恋人のことは忘れがたいのだという相愛の歌である。Ｅ７は逢うことが出来ずに占いのために袖の布を幣として置くので、また恋人と袖を交わす（継ぐ）ことが出来るだろうといい、男への誘い歌の内容である。Ｅ８は古くなった服を捨て去る男は、秋風の吹くときに後悔するだろうという、古妻の怨みの歌である。あるいは、浮気な男への怨みの歌である。Ｅ９は褻を着けたばかりの初々しい成人した女性に、笑ったり怒ったりしながら宥めては結んだ紐をいま解くことだというのであり、熱愛の歌である。ただ、これをＥ８との関係を尊重すれば、おそらく古妻を棄てたという男の歌（あるいは、浮気な男）の可能性もある。若い女性の紐を解くというテーマは、エロチックな興奮を誘うためのものであり、集団詠の次の展開を示す、エロスへ一歩踏み込んだテ！マであろう。Ｅ10は古の倭文機の帯を垂れるではないが、誰だって貴男に勝る人はいないというのであり、恋人を賛美する歌である。Ｅ11は訪れない男に対して怨まないといい、この枕を形見として寝て下さいという。相手の男への思いやりであるが、形見の枕は二人のエロスの表示であり、確かな信頼を得た女の歌であって、おそらく熱愛を示す歌である。Ｅ12は反対に結んでくれた紐を解いてくれることも無くなったので、木枕には苔が生えたのだと不実な男への怨みの歌である。Ｅ13は夜に黒髪を敷いて手枕をして、恋人は私を待っているのだろうかという。これは相愛の歌である。ただ、これはＥ12と対をなす関係のようにも見られ、そうであれば、不実な男がここに顔を出す。女が木枕に苔が生えたと怨むのに答えたのが当該歌のような歌だとすれば、そのように女を待たせた理由が続いて展開したであろうことを予測させる。しかも、黒髪を敷いて手枕で寝ているという女は、男の期待する寝室での媚態であり、枕に苔が生えたと訴える女性を慰める。

このことによれば、以上の歌は、怨みの歌（1・2・8・12）、誘い歌（3・7）、相愛の歌（4・5・6・9・11・13）、賛美の歌（10）、熱愛の歌（9）のような内容を想定することが可能であり、それらがある《主題》の提示の中に詠まれ継がれる歌うたであったことが推測出来る。いわば、これらは一定の主題による纏まりの中で、恋の物語が紡ぎ出され展開したことを予想させるということである。もちろん、これらがどのように連続する歌うたであるのかは不明であるのだが、この十三首を恣意的に切り取っても、そこにはある一定の流れが浮き上がって来る。そして、ここに詠まれる「物」は、一首に自立して個々に存在したのではなく、前後の歌との関係性によって導かれるものであり、おそらくその一つの物を通して一定の恋の物語を展開させるために求められたところの《物》であり、物そのものも恋の物語へと積極的に参画する所の《物》なのであり、恣意的に選ばれた物ではない。いわば、これら一連の物そのものが共同性の中に存在し、物をテーマとしながら歌の流れが成立するのであり、ここに展開される物語のために選択されて行く即物・寄物としての物なのである。しかも、これらが集団詠の歌遊びの歌という前提に立てば、エロスへの接近は戯笑性を抱えるであろうし、女たちの怨みに不実な男たちの弁解も戯笑性の中に組み込まれる。それでありながらそこに恋の物語が紡がれて行くのであり、これはその一部分に過ぎないが、ここに「寄物」による集団詠の仕組みが読みとれるのではないかということである。

まとめ

歌が歌われることにおいて存在していた段階の想定は、現在でも研究史の上で分明なことではない。中西進氏や渡瀬昌忠氏が歌の場との関係からその対応関係に注目して論じたのは、数少ない成果の一つである[12]。少なくとも、万葉集の中に見られる集団詠を記録する歌群から想定するならば、そこには宴席や遊楽あるいは行旅などで展開した歌遊びの場と、歌唱のための一定のシステム（系統）が存在したであろうことを推測させる。そのシステムを「歌の流れ」として考えるならば、集団詠はこの歌の流れの方法を何らかの形で踏んでいたことが知られる。一つは季節の景物を当所即詠することであり、二つはその季節の流れの中に恋の流れを重ねることである。そのことによって季節の諸相と人事の諸相とが重なるという仕組みである。これは、個人の歌として収録された、ある纏まりを持つ歌群の中にも見出される性格であり、特に女性歌人の恋歌に認められる[13]。

そのような集団詠の歌唱システムは、作者未詳の世界にも存在したのではないか。むしろ、作者未詳の歌うたにこそ歌の流れが積極的に想定出来る。歌が無秩序に詠まれたとは考え難いことを理解すれば、そこにはどのような歌の場があり、どのような歌唱のシステムが存在したのかを想定することは、万葉集の基層にある作者未詳の世界を理解する重要な段取りに違いない。特に、寄物という方法によって詠まれる恋歌の形成は、相互に物に対して意味を与えることにあり、一つの物のグループの中で一つの物語が紡がれたということであろう。そうした物のグループを繋ぐことで、何処までも繋がる歌の流れを可能にするのだといえるのである。この歌の流れについては、さらに多くの物のグループで展開される物の流れを検討し、より具体的に論じて行くことが求められるところである。

（1）――侗族の歌には斉唱と合唱があり、それは大歌（普通大歌・声音大歌・叙事大歌・戯曲大歌・童声大歌）とその他（攔路歌・踩堂歌・喊表歌）とに分類されるという。竜宇暁他編『侗族大歌琵琶歌』（貴州人民出版社）参照。
（2）――辰巳『詩の起原　東アジア文化圏の恋愛詩』（笠間書院）参照。
（3）――文潮光『奄美大島民謡大観（復刻版）』（初版は南島文化研究社）、本書「奄美の八月踊り歌と歌流れ」参照。
（4）――辰巳「落梅の篇―楽府『梅花落』と大宰府梅花の宴」『万葉集と中国文学』（笠間書院）参照。
（5）――このような歌の座の問題は、土居光知「『万葉集』の巻五について」『古代伝説と文学』（岩波書店）に始まり、以後、益田勝実「鄙に放たれた貴族」『火山列島の思想』（筑摩書房）、伊藤博「園梅の賦」『万葉集の歌人と作品　下』（塙書房）、高木市之助『大伴旅人・山上憶良』（筑摩書房）などで展開されている。
（6）――本文は、講談社文庫本『万葉集　全訳注・原文付』による。以下同じ。
（7）――本書「旅の歌流れ」参照。
（8）――中川幸廣「巻十一・十二の論」『万葉集の作品と基層』（桜楓社）
（9）――「柿本朝臣人麻呂歌集の研究（上）」『武田祐吉著作集　第七巻』（角川書店）
（10）――徳田「人麻呂歌集と万葉集」『国語と国文学』十七巻五号（『万葉集成立攷』関東短期大学所収）、鴻巣「万葉集短歌における原始的要素」『国語と国文学』二十七巻一号参照。

（11）——後藤利雄「寄物歌・比喩歌等の分類排列について」『人麿の歌集とその成立』（至文堂）

（12）——中西『万葉の世界』（中公新書）。渡瀬『柿本人麻呂研究　歌集篇上』（桜楓社）、『柿本人麻呂研究　島の宮の文学』（同）参照。あるいは、伊藤博『万葉集釈注』が排列された歌のグループに基づいて歌の場を考慮して注釈をするのは、一つの方向を示すものである。

（13）——本書「恋の歌流れ」参照。

歌班の構成

侗族の大歌

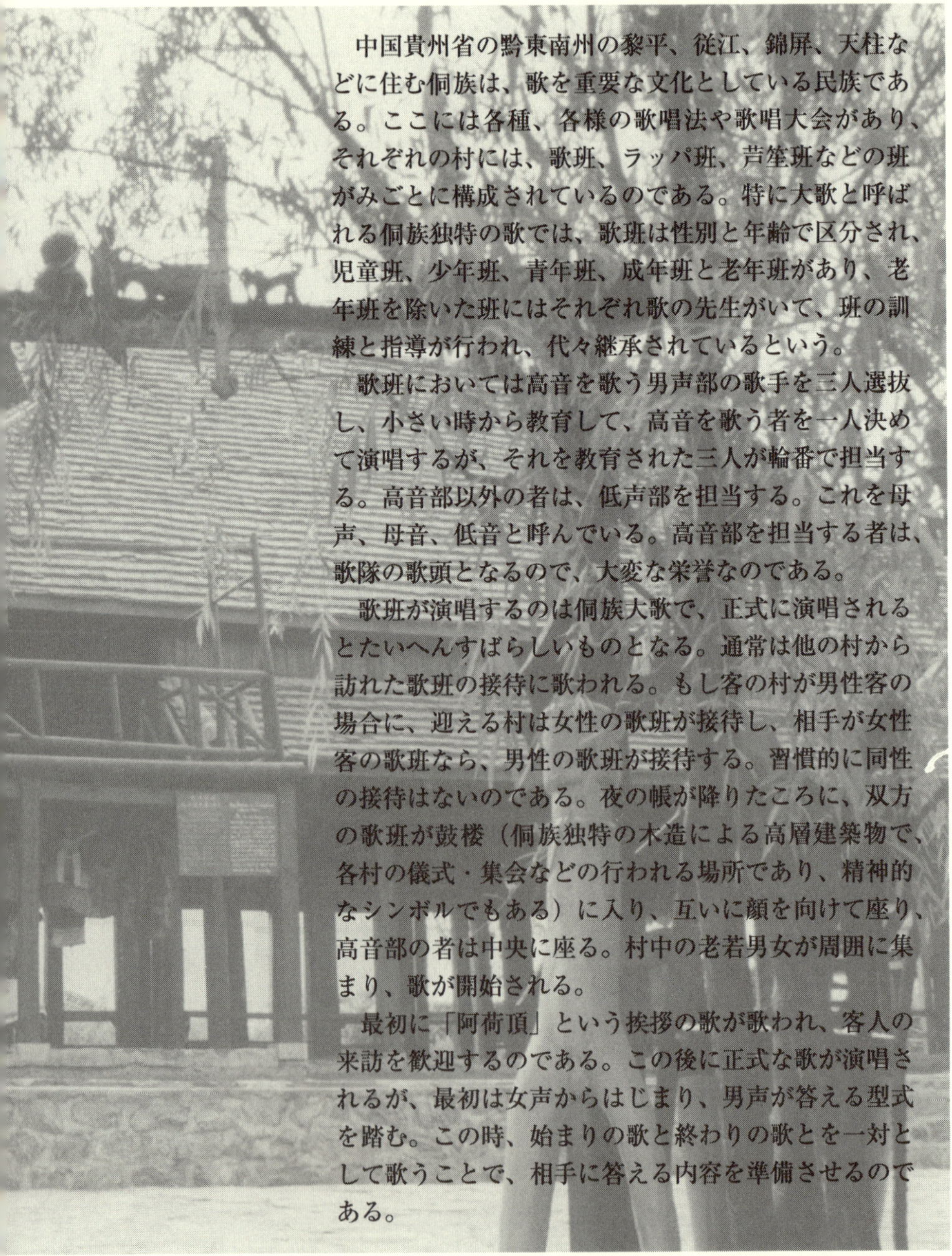

中国貴州省の黔東南州の黎平、従江、錦屏、天柱などに住む侗族は、歌を重要な文化としている民族である。ここには各種、各様の歌唱法や歌唱大会があり、それぞれの村には、歌班、ラッパ班、芦笙班などの班がみごとに構成されているのである。特に大歌と呼ばれる侗族独特の歌では、歌班は性別と年齢で区分され、児童班、少年班、青年班、成年班と老年班があり、老年班を除いた班にはそれぞれ歌の先生がいて、班の訓練と指導が行われ、代々継承されているという。

歌班においては高音を歌う男声部の歌手を三人選抜し、小さい時から教育して、高音を歌う者を一人決めて演唱するが、それを教育された三人が輪番で担当する。高音部以外の者は、低声部を担当する。これを母声、母音、低音と呼んでいる。高音部を担当する者は、歌隊の歌頭となるので、大変な栄誉なのである。

歌班が演唱するのは侗族大歌で、正式に演唱されるとたいへんすばらしいものとなる。通常は他の村から訪れた歌班の接待に歌われる。もし客の村が男性客の場合に、迎える村は女性の歌班が接待し、相手が女性客の歌班なら、男性の歌班が接待する。習慣的に同性の接待はないのである。夜の帳が降りたころに、双方の歌班が鼓楼（侗族独特の木造による高層建築物で、各村の儀式・集会などの行われる場所であり、精神的なシンボルでもある）に入り、互いに顔を向けて座り、高音部の者は中央に座る。村中の老若男女が周囲に集まり、歌が開始される。

最初に「阿荷頂」という挨拶の歌が歌われ、客人の来訪を歓迎するのである。この後に正式な歌が演唱されるが、最初は女声からはじまり、男声が答える型式を踏む。この時、始まりの歌と終わりの歌とを一対として歌うことで、相手に答える内容を準備させるのである。

侗族の恋歌　人妻への恋

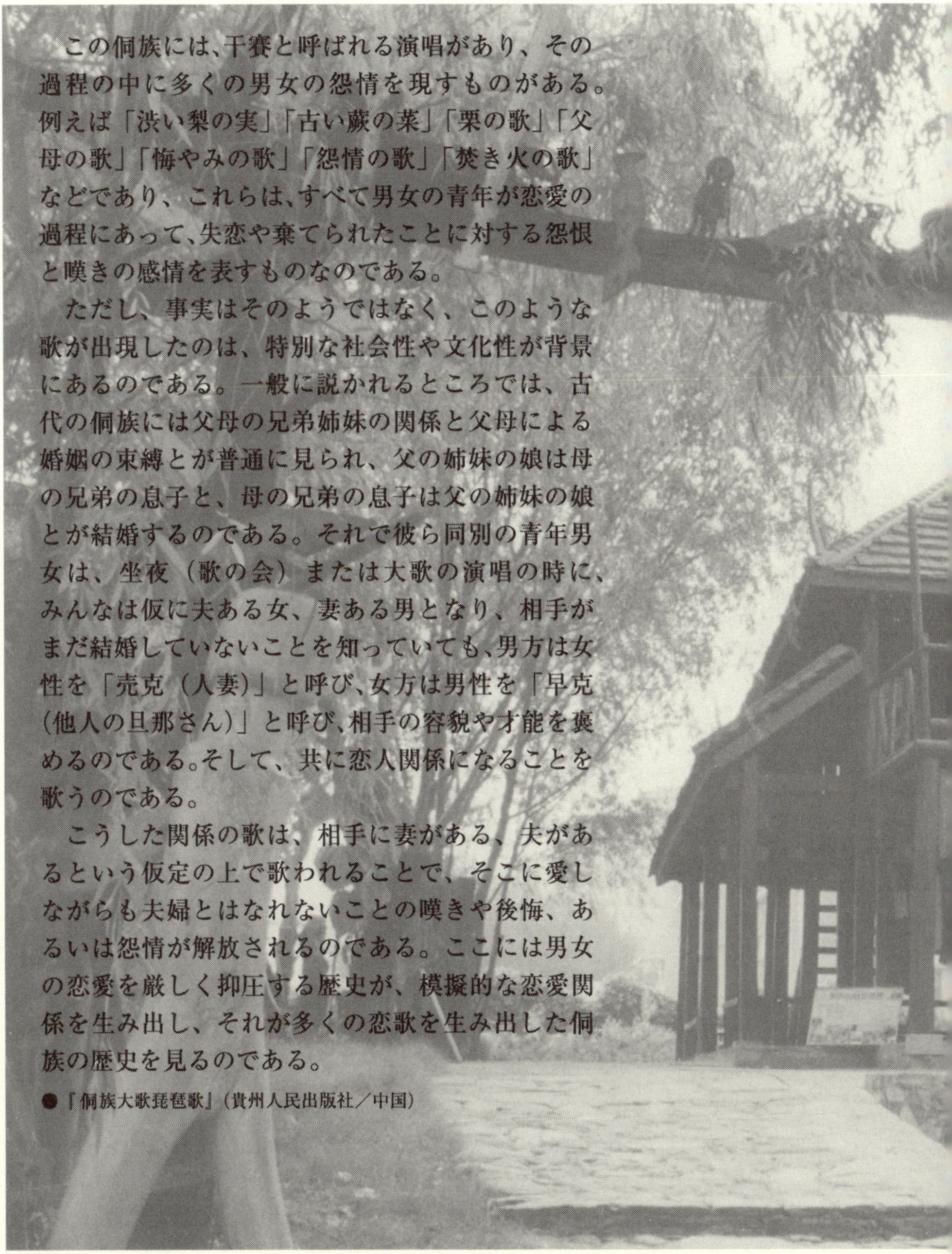

この侗族には、干賽と呼ばれる演唱があり、その過程の中に多くの男女の怨情を現すものがある。例えば「渋い梨の実」「古い蕨の菜」「栗の歌」「父母の歌」「悔やみの歌」「怨情の歌」「焚き火の歌」などであり、これらは、すべて男女の青年が恋愛の過程にあって、失恋や棄てられたことに対する怨恨と嘆きの感情を表すものなのである。

ただし、事実はそのようではなく、このような歌が出現したのは、特別な社会性や文化性が背景にあるのである。一般に説かれるところでは、古代の侗族には父母の兄弟姉妹の関係と父母による婚姻の束縛とが普通に見られ、父の姉妹の娘は母の兄弟の息子と、母の兄弟の息子は父の姉妹の娘とが結婚するのである。それで彼ら同別の青年男女は、坐夜（歌の会）または大歌の演唱の時に、みんなは仮に夫ある女、妻ある男となり、相手がまだ結婚していないことを知っていても、男方は女性を「売克（人妻）」と呼び、女方は男性を「早克（他人の旦那さん）」と呼び、相手の容貌や才能を褒めるのである。そして、共に恋人関係になることを歌うのである。

こうした関係の歌は、相手に妻がある、夫があるという仮定の上で歌われることで、そこに愛しながらも夫婦とはなれないことの嘆きや後悔、あるいは怨情が解放されるのである。ここには男女の恋愛を厳しく抑圧する歴史が、模擬的な恋愛関係を生み出し、それが多くの恋歌を生み出した侗族の歴史を見るのである。

●『侗族大歌琵琶歌』（貴州人民出版社／中国）

恋の歌流れ

対詠歌の世界

対詠歌は男女による交互唱を基本とする。そのことにより一方に男歌が生まれ、一方に女歌が生まれることになるのだが、(1)その性質から恋が主な話題となるのは必然的な流れである。さらに女性同士の対詠歌も男性同志の対詠歌も見られ、性の変換の中で詠まれる場合もあり、やはり恋を話題とする性質を持つ。その恋が暗喩的性質を持つ場合もあるのだが、これらは基本的には社交性の強い歌うたである。(2)

このような対詠歌は万葉集において盛んに行われていた方法であり、そのことによって、万葉集には女性歌人が多く登場することの意味が明らかになる。こうした万葉集の特質は古今集以後の勅撰集に見られる女性歌人の数から見ればきわめて大きな違いである。万葉集に多くの女性歌人を見ることの理由は、万葉集が男女対詠を基本的な性格としていた時代の歌唱の伝統を継承していたからであると思われる。この歌の対詠性は、もともと歌垣などの集団的歌唱文化に根ざしたところの、民間に広く行われていた対唱法にあり、さらには神々の恋歌における交互唱に求められる。男女が一対となって進められる交互唱は歌の段階やテーマの流れを持ち、中国少数民族の事例に基づけば数時間あるいは数日間に亙ることが知られ、日本古代の歌垣もそのような男女の交互唱によって歌唱されていたと思われる(3)。ただ、それらは声のみに基づくものであるから、直ちに消えてゆく運命の歌うたであり、古代の歌垣の対詠歌は文献上に残されることはほとんどなかった。しかし、この歌唱による方法を継承する対詠の形式は、形を変えながらも万葉集へとたどり着き、相聞歌という新たな枠組みの中に再生産されたのである。

集団の歌唱の中で男女を一対とする歌唱法により、男歌の一方が女歌によって成立するという事実に基づくならば、女性の歌が万葉集に多く残される結果になったと考えるのは必然的であろう。これは、万葉集という歌集の体質を考えるためには重要な問題であり、女歌が男歌との対として存在することを改めて位置づける必要があるように思われる。これは、歌の対詠という歌唱法に大きく関与することになるからである。さらには、女歌が積極的に男歌を導いて行く流れも見られ、万葉集における女性たちの果たす役割を考えることは、古代の女性たちの歌の意味を明確にするものである。ここに対詠によって成立する女歌を、以下のいくつかの事例から、それらが恋の物語を生み出す状況について考えてみたい。

4-5 歌刀自たちの対詠歌

男女による対詠の歌は、記紀歌謡の時代に遡るが、作者を明確にする作品として近江朝（七世紀後半）の額田王と大海人皇子とによる贈答の歌（巻一・二〇－二一）が認められる。これは五月五日の遊猟の後の宴楽において行われたものであるだけに社交的な恋歌であり、歌遊びの性格の強い対詠歌であるが、歌垣の名残を留める対詠の歌として興味深い。歌は額田王による恋の挑発を示唆するものであり、そこには女性によって導かれる対詠歌の成立する状況が見られる。[4] こうした男女対詠の歌が積極的な形として認められるのは、天平期である。この時期には郎女（女郎）あるいは娘子たちが歌の世界で活躍する。その郎女たちにはさまざまな贈答の歌が残されていて、そこには対詠の形式が息づいていることを知る。このような対詠歌は歌遊びの方法により成立していたと思われ、[5] また、それは家の文芸（貴族サロン）として積極的に行われていたことが知られるのであり、そのような家の文芸をリードしたのが家の主婦である家刀自たちであり、彼女たちは、いわば《歌刀自》という役割を果たしていたと考えられる。

そうした女性に、紀女郎がいる。女郎は紀鹿人の娘で、名を小鹿といい、安貴王の妻であるという（巻四・六四三題詞）。安貴王は志貴皇子の孫で春日王の子であり、万葉集では八上采女との恋愛事件で知られるが（巻四・五三四－五）、天平期にはこのような恋愛事件を元にした愛情故事の歌がしばしば見られるのは、都市の文化が醸成する情報化と深く関係するように思われる。いわば、報告文学（ノンフィクション）

ともいうべき新しい情報文化が現れたのである。そうした報告文学として人々の興奮を誘うのが、都市に起こる貴人たちを主人公とするさまざまな恋愛事件であり、それを伝える手段としての愛情故事歌であろう。安貴王もこのような文学に積極的に関与するのだが、その妻であるという紀女郎も何らかの形でここに参画する女性であったといえるであろう。女郎の「怨恨」を主題とする三首の歌は、そうした事情を説明するものである。

紀女郎の怨恨の歌三首

A
1　世間《よのなか》の女にしあらば
わが渡る痛背《あなせ》の河を
渡りかねめや（巻四・六四三）

2　今は吾《あ》は侘《わ》びそしにける
気《いき》の緒《を》に思ひし君を
ゆるさく思へば（同・六四四）

3　白栲《しろたへ》の袖別るべき日を近み

心に咽《むせ》ひ
ねのみし泣かゆ（同・六四五）⑥

Ａ１は、「ああ、あなた」という河（痛背の河）を渡ることに逡巡する女心が詠まれているように、河を渡るというのは但馬皇女の恋愛事件の三首の中に見られる「人言を繁み言痛み己が世にいまだ渡らぬ朝川渡る」（巻二・一一六）が語っているように、それは男の元への駆け落ちを示唆するものであり、女郎の歌もそこへと向かっている段階の内容である。世間一般の女性なら男の誘いに乗り、何の躊躇いもなく河も渡るであろうが、そうではない女なので渡りかねるのだという。おそらく、この背後には男から駆け落ちの誘いがあり、それで女郎は逡巡しているのだという筋書きが現れて来ることになる。したがって、ここには男からの誘い歌が存在したことを窺わせるはずであり、これが歌によって成立していることからみれば、男女二人の対詠によって展開したことが想像されよう。また、駆け落ちをテーマとしていることから推測すれば、二人の関係は世間の噂に上り、中傷される段階にあったのであり、それでも二人の愛を続けるとすれば、駆け落ちが残されていたということになる。

だが、Ａ２では女性は辛く侘びしい思いをしているのだという。その理由は、命と思っていた愛する男性に対して「許す」ことを決意したからである。ここにどのような事情が発生していたのかは不明であるが、Ａ１との関係から読み取れば、駆け落ちを強要する男は、それに逡巡する女性への別れを口にしたのであろう。それゆえに、女性は深く悩み、悩みながらも二人の行く末を思いやれば、この恋は他人から祝福されるものではなく、ためらいつつも男を許す心へと向かったことが推測される。Ａ３に至ると、女性はいよいよ二人が袂を分かつ日を迎えて、ひたすら咽び泣くことだという。ここにも、このような事情を迎えた理由があるのだろう。おそらく、駆け落ちを逡巡する女性に別れを告げた男から、改めて密会の場所と時刻が告げられたのだと思われる。しかし、女性はすでに男とは別離する覚悟を決めたのであり、密会の日が近づくに伴いこの歌によって深い離別の悲しみを示しているのだと考えられる。これを対詠歌として復元すれば、次のような展開であったものと思われる。

A1a　男　人の噂や中傷がひどいので、二人で駆け落ちをしよう。
1b　女　私は世間一般の女性ではないので、駆け落ちなどは出来ません。
A2a　男　駆け落ちが出来ないなら、二人は別れるしかありません。
2b　女　別れるというなら仕方ありません。辛いことですが許しましょう。
A3a　男　あなたとは別れたくはない。もう一度逢いましょう。
3b　女　もう逢うことは出来ません。私はただ泣くばかりです。

ここに見られるテーマは、明らかに駆け落ちであり、そして二人の愛の挫折である。題詞の「怨恨」というのは、女郎の三首の歌とは直接結びついていない（つまり、男性が女性を裏切り棄てたという類型にはない）のは、女性の側からいえば駆け落ちを勧めるのではなく、自分を略奪してまでも愛して欲しいというメッセージがあるように思われるのであり、そのような態度を示さなかった男への怨みが題詞の怨恨へと反映しているように見られる。いずれにしても極めてドラマチックな内容の展開であり、中国少数民族の歌路に見られる「逃婚調」という駆け落ちの歌を彷彿とさせる。(7)『古事記』においても駆け落ちと情死の物語りが見られ、駆け落ちの果ての悲劇は誰でもが予測するものであったはずである。そのようなドラマ性の強い内容が、この男女の対詠の中で展開したことは明らかであり、そこにはこのような悲劇的な恋愛物語を要請する場と聴衆が存在したことを推測させる。そのような劇的な恋物語が二人の対詠によってここに紡ぎ出されているのであるが、おそらく、女郎は紀氏サロンの歌刀自としてここに登場したものと考えられる。女郎が、一方に大伴家持と極端な戯れ歌を贈答（巻四・七六二ー七六四）している事情を考えても、これは首肯されることであろう。

天平期の女性歌人を代表する大伴坂上郎女も、このような歌刀自の一人であろう。そこには挨拶の歌や宴席の歌などいくつかの段階を示す対詠による贈答歌が多く見られ、彼女は広く歌刀自の役割を果たしていたことを知る。そのような中でも恋歌に関わる対詠の歌も多く見られることに特徴があり、これらは彼女の恋愛経験として説かれる場合が多い。しかし、そのような個人的恋愛体験を想定することは、以下に述べるように大きな矛盾を抱えることになるものと思われる。恋歌の成立は、基本的には公開によるものであること、そこには恋歌を歌うことの文化的システムの存在したことが認められるからである。むしろ、天平期の女歌はサロンという公開の場において恋歌を楽しむという性格を見せているのであり、それを代表する女性歌人が大伴坂上郎女であった。その彼女には次のような六首の恋歌がある。

大伴坂上郎女の歌六首

B1　われのみそ君には恋ふる

わが背子が恋ふとふことは
言《こと》の慰《なぐさ》そ（巻四・六五六）

2
思はじと言ひてしものを
朱華《はねず》色の変《うつろ》ひやすき
わが心かも（同・六五七）

3
思へども験《しるし》もなしと知るものを
なにかここだく
わが恋ひわたる（同・六五八）

4
あらかじめ人言繁《しげ》し
かくしあらばしゑやわが背子
奥もいかにあらめ（同・六五九）

5
汝《な》をと吾を人そ離《さ》くなる
いで吾君《あがきみ》
人の中言《なかごと》聞きこすなゆめ（同・六六〇）

6　恋ひ恋ひて逢へる時だに
愛《うるは》しき言《こと》尽してよ
長くと思はば（同・六六一）

この六首がどのような場で、どのように歌われたのかは不明である。また、この六首はそれぞれどのように関係するのかも不明であり、そのことから、これらは六首内部の関係の中で理解され、郎女の内省する独詠の歌として考えられることになる。しかし、Ｂ１は私だけがあなたを深く愛しているのであり、あなたが私のことを愛しているというのは、単なる口先だけのことでしかないのだという口吻からすれば、相手を明確に激しく非難し責める態度が見られ、これは相手との関係の中に詠まれた一首であることは明らかである。したがって、郎女のこの歌以前に男からの何らかの歌が贈られたことになり、それに対する非難の歌なのだということである。そのことから予想すれば、男は女性の元に訪れることもなく、ただ、口先だけで愛しているというばかりなのである。そのような関係の中で女性の非難がなされたのである。そこには言葉巧みな不実な男があり、女の側からすればすでに別離の雰囲気も漂うのであるが、Ｂ２では、もうあの人のことは思うまいとしながらも、まるで朱華色のように移ろい易い自分の心だと自嘲する。いつも頼みの言葉を言いながらも訪れない男を、もう思うまいと決めながらも、揺れ動く女の心が歌われるのである。とすれば、ここに不実な男からの期待される内容の言葉が告げられたことを予想させる。もう思わないと思っていたのに、男からは公務が多忙であったなどの弁解の言葉があり、近々訪れるという使いの言葉もあるので、女性はその言葉をともかくも頼りとすることになったのである。Ｂ３においては、思っても本当は何の甲斐もないということを知ってはいるのだが、なぜかこのように恋い続けてしまうことへの自嘲が歌われる。Ｂ２を引き継ぐ内容であるが、ここにはやはり男からの便りがあったものと思われる。不実を非難しつつも恋せずにはいられない思いを訴えた女性に、男はまた言葉だけで女性の心を引きつけるのである。それもいつものことであるから甲斐のないことだとは思うのだが、しかし、女性はその言葉に微かながらも期待しているのであり、それがこの歌であろう。Ｂ４になると、二人の関係は熱愛の段階を示し、そのことにより人のあらぬ噂に上り、このままでは将来はどのようになるのかと女性は辛い心を訴える。二人の恋はここまで進展したのである。これは男が一歩踏み込んだ内容へ恋の内容を展開させた可能性が考えられる。おそらく、男は二人の関係が世間の噂に上ったことを女性に知らせたのであろう。これは二人の関係を危険な状況へと導くものであり、それ自体は類型の中にあり、それを受けたのがＢ４である。これはＢ５にも継承され、二人の仲を人が裂くようだから、人の中傷など聞かないでくださいと訴える。おそらく女性に関わる風評があり、男から人の噂の激しいことが告げられたのである。そのような世間の中傷を乗り越えて、二人の出会いを詠んだのがＢ６であろう。ようやく二人は世間の目に晒されながらも逢うことが出来たのであるが、やっと逢えたにも関わらず男は女性にすげないのである。せめてこのように逢えた時だけでも、いつまでも愛していると思うなら、やさしい言葉を掛けてくださいと訴える。男は、女性の元に訪れながらも愛の言葉を掛けることもなく、夜が明けたので帰るというのであろう。そのようなつれない男への非難の歌である。

ここには、女の心を理解しない不実な男があり、それでありながらもその男とは別れられない女の揺れ動く心を主題としながら、女の愛の哀れさを物語として紡ぎだしている歌であることが知られるのであり、本来の姿は対詠によって成立していたことを十分に窺わせる。これが対詠として成立していたならば、次のよ

うな内容展開であったと思われる。(男歌の後に、参考として家持が女性に贈った歌を配した。いずれも巻四所収の歌である)

B1a　男　あなたのことは何時も忘れることなく、心から愛しています。

1b　女　(情には思ひ渡れど縁を無み外のみにして嘆きぞわがする)

あなたのは、言葉だけの愛ではありませんか。

B2a　男　そうではありません。必ず近い内にお逢いしましょう。

(千鳥鳴く佐保の河門の清き瀬を馬うち渡し何時か通はむ)

2b　女　あなたの言葉は空言です。でもあなたのことが忘れられない。

B3a　男　私の言葉は空言ではありません。あなたを本当に愛しているのです。

(かくばかり恋ひつつあらずは石木にもならましものを物思はずして)

3b　女　そのように言われると、あなたのことを信頼してしまいます。

B4a　男　私たちのことが、世間の噂にのぼっています。

(逢はむ夜は何時もあらむを何すとかかの夕あひて言の繁しも)

4b　女　こんなに人の噂が激しくて、私たちの将来はどうなるのでしょう。

B5a　男　いまはもう、どんなにひどく中傷されても構いません。

(今しはし名の惜しけくもわれは無し妹によりては千たび立つとも)

5b　女　世間ではあなたと私の仲を裂こうとするのです。聞かないで下さい。

B6a　男　お逢いしてもあなたへの恋心は、いっそう募るばかりです。

（相見てはしましく恋は和ぎむかと思へどいよよ恋ひまさりけり）

6b　女　思い続けた末にやっと逢えたのです。優しい言葉を掛けて下さい。

ここに展開された恋歌の流れは、この通りの接続であったか否かは明確ではないが、一定のストーリー性を持っているように推測される。途中に多少の断絶もあるものと思われるが、男女によって進められた対詠の流れは、小規模ながらもその状況が理解されるものと思われる。しかも、このような対詠の形式を踏みながら進められたとするならば、そこには恋愛の事実性よりもこのような恋愛の物語りを楽しむ場が想定されるのである。殊に、坂上郎女には同様の連続した歌群があり、それにも同じような傾向の恋歌の対詠性が認められ、そのような恋歌が公開の場に提供された歌物語りであった可能性が高い。大伴家の刀自としての役割を果たす郎女にとって、その役割の中に歌刀自の立場も認めるべきであろう。刀自たちは家事万端を整えるのみではなく、客を迎えた折に歌の場が設けられると、歌の場（サロン）を取り仕切る立場でもあったと思われる。郎女のこのような歌は、大伴家にこうした文芸サロンが存在したことを物語るものであるが、また、彼女が歌刀自として歌の場を取り仕切っていた家刀自であったことを示すものとして興味深いであろう。

4-6 物語を紡ぐ対詠歌

万葉集の中ではそれほど目立たない女性歌人に高田女王がいる。彼女が万葉集に残した歌は七首のみであるが、その中の六首は今城王に贈った歌である。この六首の恋歌は対詠の女歌を考えるためには、紀女郎の歌に等しく重要な位置にある。

高田女王の今城王に贈れる歌六首

C1 言《こと》清くいたくも言ひそ
一日《ひとひ》だに君いし無くは
痛《たべがた》きかも（巻四・五三七）

2 他辞《ひとごと》を繁《しげ》み言痛《こちた》み逢はざりき
心あるごと
な思ひわが背子（同・五三八）

3 わが背子し遂げむと言はば

人言は繁くありとも
出でて逢はましを（同・五三九）

4 わが背子に復は逢はじかと思へばか
今朝の別れの
すべなかりつる（同・五四〇）

5 現世《このよ》には人言繁し
来《こ》む生《よ》にも逢はむわが背子
今ならずとも（同・五四一）

6 常止《や》まず通ひし君が使来ず
今は逢はじと
たゆたひぬらし（同・五四二）

高田女王は高安の娘（巻八・一四四四題詞注）であるとされ、高安は高安王のことであるが、天平十一年四月に大原真人の姓を与えられている（『続日本紀』）。一方の今城王は母が大伴女郎で、大原真人の姓を賜ったと見られ（巻四・五一九題詞注）、大原真人今城と同一人であろう。このことから見れば、二人はいずれも大原真人の姓を与えられた同族であり、二人の関係は接近している。さらに、大原今城は万葉集にしばしば登場する天平末期の歌人である。特に今城は宴席の歌を主とした自作の短歌八首を残しており、それらの歌以外に昔年防人の歌・太上天皇の歌・円方女王の挽歌・藤原夫人の歌などの天武朝以降の短歌十首を宴席などで誦詠していることから見るならば、彼の芸能的才能が認められるであろう。歌を誦詠するというのは記憶の能力のみではなく、ある種の専門性を持つことであり、彼は歌唱の能力が認められていたものと思われ、さらには歌の場をリードする能力にも長けていたものと考えられる。

高田女王が当時の歌人としてどのような能力を示していたのかは不明であるが、この今城王に贈ったという六首は、高田女王の歌の能力を知る手掛かりである。いずれも今城王に対する恋歌であり、しかも、深刻な内容を詠む恋歌である。Ｃ１の歌によれば王は彼女がうれしく思うような清らかな言葉をくり返し伝えて来るのであるが、しかし、彼女はそのような言葉ではなく、毎日逢えることが大切なのであり、一日でも逢えない日があれば耐え難いのだと訴える。王との愛の日々を感じさせる内容であり、二人の愛の世界は至福の時間の中にあることが知られる。ところがＣ２の歌では他人のひどい中傷があり、そのことによって逢うことが困難であったことを詠む。なかなか逢えないのは、周りの中傷によるものであり、決して他に心を移したからではないので信じて欲しいと訴える。ここに二人の関係は周囲にも知られるようになり、周りの厳しい中傷が二人の愛の行方に暗い陰を落とし始めるのである。それほどまでに二人の恋は激しく、人目を忍ぶことも不可能なほどに激しいものであったということになる。人目も人言も万葉集に多く見られる恋の障害物の類型であるが、それらは愛する男女の恋愛を排除する社会の監視システムであり、常に恋愛はこの監視システムと激しく対峙することになる。結婚は親の権限や社会の制度の中にあるから、恋愛はそれらの埒外に現れることとなる。それだけに、恋愛は反社会的な行為だということを示唆しているのである。

そのような人目に晒されることとなった二人の恋は、C3の歌によって一つの方向が示されることになる。「もし、あなたが事を遂げようとおっしゃるなら」と女王はいう。もし、あなたが事を決行しようというなら、たとえ人の中傷がひどくても、私はあなたのもとに出て行き逢うことにしますというのであり、これは女性の覚悟を示している内容である。その覚悟というのは家を出て男の元に身を置くというのであり、明らかに駆け落ちを暗示している内容である。当時、女が男の元に出て行くということがいかに異常なことであるかを知るべきであり、しかも、「他辞を繁み言痛み」とは、あの但馬皇女の「人言を繁み言痛み己が世にいまだ渡らぬ朝川渡る」（巻二・一一六）を想起すれば良いだろう。高市皇子の妻でありながら穂積皇子の元へと走る皇女の覚悟は、駆け落ちを意味した。そのことを暗示しながら高田女王のこの歌がある。女王も夫のある身だということを暗示しているのである。だが、C4の歌によれば、二人はもう逢うことはないのだということである。あなたにもう逢うことはないと思うと、今朝の別れはどうしようもないほどに悲しいのだというのである。駆け落ちを覚悟した彼女にとって、それは失敗に終わる。男が駆け落ちを躊躇しているからである。それゆえに、二人の関係はもうこれ以上進めることは不可能であり、ついに二人の別れを迎えたのである。この夜が二人で過ごした最後の時となり、男は夜明けに帰って行く。彼女にとって、これが男との最後の場面となることにより、その深い別離の悲しみを訴えた内容なのである。

しかし、二人の別離は容易ではなかった。C5の歌が用意されたのは、二人の運命を更に過酷な所へと導くものである。彼女は現世で逢えないなら、あの世で逢うことが出来ますというのである。だから、今二人の逢えないことを嘆くことはないのだという。ここに至り、高田女王は今城王に二人の行く末を考えるならば、残されているのは《情死》のみであり、あの世で一緒になりましょうと誘う。ここでの「今ならずとも」は、この世で全うに生を遂げて死んだ後にあの世で一緒になりましょうという意味にも取れるが、しかし、その前に駆け落ちを覚悟した女性の立場を考えるならば、ここでの「今」は現世のことであると考えるのが妥当である。現世では人の中傷が非道く一緒にはなれないので、共に死んであの世で一緒になろうというのがここでの主旨であろう。だが、この高田女王の誘いに今城王は答えなかったように見受けられる。なぜなら、C6の歌において女王は独白の歌を詠むからである。いつも止まずに通ってきた君の使いが途絶えて、何の言づてもなく日を過ごすこととなり、女王は王がいろいろと迷っているのだろうと推測する所に、この歌が独白形式によって詠まれていることが知られ、孤立した女の厳しい状況を示唆しているのである。それは明らかに二人の完全な離別の状態への暗示である。そして、この歌でこの一連の歌を結束させる。

このようにC1からC6までの歌を見て来ると、極めてドラマ性の強い内容であることが知られるし、また、この一連の六首が一定の道順を残している歌であるように思われる。これらの歌がどのような状況において今城王に贈られたのかの設定は明らかにし難いが、一般的理解としては使者を通した手紙によるものであると考えることは出来る。だが、手紙によるとしても、それがなぜ歌の形式を踏むのかという問題があるだろうし、夜明けの別離に歌われた歌は、手紙の形を必要としないであろう。何よりも高田女王の歌に対して今城王の歌は存在したのか否か。二人の関係は、女王の一方的な贈歌のみで成立していたのか否か。そのような素朴な疑問がそこにはある。

高田女王の歌はC6の歌を除いて対詠によって成立している歌であると思われる。C1において女王はそんな美しい言葉よりも毎日逢えることが良いのだというのは、男から美しい言葉を掛けられたことへの返答として成立していることが知られる。したがって、C1は男の歌への返答の内容であることから、これが対詠によって成立したことが理解される。C2はしばらく逢うことを絶ったことにより、男の恨みが存在したことによっての彼女の弁明の内容であるから、これも対詠によっていることが知られる。C3も男の煮え切らない態度に対する女性の挑発であり、C4は別れを口にした男ともう逢えないかも知れないという悲しみが述べられたものであり、C5は別れを口にしながらも、女への未練を断ち切れない男へ情死を示唆する挑発の歌であろう。C6は情死を覚悟した女から離れていった男を思う独白の歌である。

ここには、男女の対詠によって展開した恋の物語が順序に沿って展開していたことが予測される。その対詠の関係を示すならば、次のようになるであろう。

C1a　男　あなたを除いて、他に愛する女性はいない。
1b　女　美しい言葉よりも、毎日逢いたい。・・・・・・・・・・熱愛
C2a　男　なぜ逢わないのか。他心が生じたのか。
2b　女　人の中傷が酷いのです。なぜ私を信じられないのですか。・・恨み
C3a　男　人の中傷も酷い。どうしたら良いのだろう。
3b　女　あなたさえ覚悟するなら、あなたの元へ出てゆきます。・・・駆け落ち
C4a　男　いま、そのようなことをされては困る。
4b　女　これで終わりです。今朝の別れはとても悲しい。・・・・・別離

Ｃ5a　男　これまでだとしても、あなたを忘れられない。
5b　女　現世では無理でも、来世で逢いましょう。・・・・・・・・情死
Ｃ6a　男　・・・・・・。
6b　女　あの人は、いろいろ迷っていられるようだ。・・・・・・・独白

ここに展開された二人の恋の道筋は熱愛の段階から始まっているが、本来の姿はわからない。これが二人の出会いから歌われていたとすれば、恋の始まりから挫折までの物語であり、この部分のみだとすれば恋の挫折の悲しみが展開したこととなる。ここでは恋の挫折がテーマ化されているように思われ、そのように推測される根拠は、この六首が恋の道筋の後半部分に当たる内容だからであり、恋愛を悲劇化する劇的な部分が物語として演唱されたものと思われる。おそらく、この男女は既婚者同士の恋愛（不倫関係）として展開することで、社会的には制裁を加えられるような罪を背負いながら進められたことが予想されるのである。男に次第に心を許しながら、女の側が駆け落ちを覚悟して、ついには情死の決意へと向かうのであるが、結果的には男の不実によって女は捨てられるという結末になる。そして、女の独白による最後の歌は、この一連の恋愛の流れを終わらす働きをする歌であることを示している。このような愛の悲劇は、高田女王と今城王との交互唱によって紡ぎ出された悲恋の物語なのだと理解されるし、また、王はこのような場に登場して女の歌に自由に対応出来るだけの能力を持ち、女の歌を導き出す役割を果たしていたものと考えられる。王の歌が残されていないのは、おそらく類型の中に収まる歌であったからではないか。高田女王の歌は、そうした類型性を超えたところの激しい愛の歌を物語として完成させたところにあったといえる。

もとより二人は現実に近しい関係の中にあり、このような恋歌を生み出した環境が予測されよう。おそら

く大原真人家を中心とした文芸サロンが想定されるのであり、高田女王はそのようなサロンを取り仕切った歌刀自としての役割を果たしていたのであろう。万葉集巻四には、そうした女性たちの歌刀自としての役割が多く目に付くように思われる。いわば、気心の知れた間柄において対詠の歌がサロン文芸として成立したのが天平期の特徴であり、そこには男女の恋歌を中心とした対詠の世界が展開しているのである。

まとめ

万葉集に女性歌人が多く登場する理由は、歌が万葉集の時代においても対詠性を強く残していた結果である。歌の対詠性は、長く続いていた歌垣習俗の歌唱システムを継承したところにあり、また、歌遊びの習俗にも依拠するものであったと思われる。それは都市の中に受け入れられることで、洗練される傾向を示し、貴族のサロンでは家刀自たちが中心となって歌会の場に対詠の歌を披露していたのである。彼女たちはまさに《歌刀自》としての役割を担い、さまざまな宴席や、あるいは歌遊びの場においてその責任を果たしていたのである。

もちろん、こうした歌刀自たちは対詠のための歌唱システムを十分に理解していたことが知られる。恋歌は恋の始まりから終わりまでの、一定の流れの中にあり、その流れは恋の場面に応じて主題化されることで可能であったということであり、家刀自たちはそうした恋の道筋を踏みながら進行することを役割として理解していたということである。そこには、男歌にただちに対応出来る能力、また、男歌を導き出す能力を兼ね備えていたところに特質がある。しかも、この恋物語をどのように展開させるかは、歌の場の雰囲気を汲み取りながら変幻自在に対応し、また、聴衆の要請を理解しつつ進めたことが推測されるだろう。そこに女性歌人たちの技量が示されていて、常に男歌と一対になりながら女歌を生み出していたことが知られるのである。

万葉集に女性の歌が多く残されている意味、また、女歌の果たす意味はこのような恋をテーマとして男歌と対詠するところに認められるのであるが、何よりも恋の歌流れが形成されるには、こうした「対詠」という古代の歌唱のシステムを十分に考慮しなければならないのだと思われる。

---

(1)――「女歌」という呼び方あるいは概念が、文学史的に適切であるか否かという問題がある。現代の女性歌人の歌を通して考えるならば、それは女歌ではなく、文芸としての短歌そのものである。女歌という時には、そこに男女の性差を認める状況が存在するからである。したがって、女歌という使い方は慎重でなければならない。しかも、女性だけが女歌を生み出していたのではなく、男たちも女歌を生み出しているのであり、その逆もある（青木生子「男性による女歌」『万葉』第百六十八号参照）。性の反転する淵源は『玉台新詠』にあるが、こうした複雑に絡み合う中に女歌という概念も失われるはずである。ただ、ここで考える対詠歌という歌唱法から見れば、そこにあるのは性差ではなく、性質の問題であるといえる。

(2)――このような社交性の中に詠まれる恋歌に関して、高野正美は「社交歌としての恋歌」であると指摘している。『万葉集作者未詳歌の研究』（笠間書院）。

（3）――辰巳「歌路―中国少数民族の歌唱文化」『詩の起原　東アジア文化圏の恋愛詩』（笠間書院）参照。
（4）――辰巳「額田王―挑発の恋歌」『万葉集と中国文学　第二』（笠間書院）
（5）――ここの「歌遊び」とは、ある決まった季節に行われる歌垣のような歌会とは異なり、臨時的に行われる歌会を指す。宴楽や行楽の場に行われるのを特徴とし、恋歌においては社交性を重視する歌会である。
（6）――本文は、講談社文庫本『万葉集　全訳注・原文付』による。以下同じ。
（7）――辰巳「逃婚調―古代日本の駆け落ちと情死の物語り」注3前掲書参照。

旅の歌流れ

万葉集には旅に関わる多くの歌が収録されているが、これらはどのように成立した歌うたであったのか。古代の草を枕の旅は家郷や家族あるいは恋人から離れて、過酷な運命を強いられるものであるから、そこに別離の悲しみや旅の宿りの苦しさを詠むことの必然性が存在したことは確かである。あるいは、律令の時代においては中央の官人や地方の防人たちが都と地方との往来を繰り返すことにより、旅の歌が多く詠まれるという現象が起きたことも考えられる。国内の旅に留まらず、海外へと派遣される使人たちの旅もここに参加すれば、そこに旅の歌を詠むことの必然性があると考えることは可能である。しかし、その旅においてなぜ歌が要請されたのかという疑問が残るであろうし、さらに、それらはどのようにして詠まれた歌うたであるのかという疑問についても、必ずしも明白な解答が得られているわけではない。

もっとも、このような事柄は歌が要請され歌われるということに関しての基本となる疑問であるに違いないのだが、そこに明確な説明が得られないのは、それらが万葉集の編纂という段階を経過している事情があるからであり、元資料を必ずしも十全に留めていないという事情もある。それゆえに、万葉集の歌うたを個々に独立あるいは自立した存在として理解しているいることも確かである。もちろん、一首だけが独立して詠まれるという場合も想定は可能であるのだが、そのような独詠の成立する環境は、却って想定を困難にするものであろう。歌はもとより歌唱されるものであることからすれば、歌唱の性格を強く留める万葉集には、そこにどのような歌の場と歌唱の方法とが存在したのかを明らかにしなければならない。万葉集に収録された歌うたは歌の採集の段階、編纂の段階などの過程を経て取捨選択の末にそれぞれの関係性が失われた結果、それらを繋ぐ方法（歌唱システム）が知られないという問題なのである。ただ、それ以上に万葉集に採録される以前の歌うたが、どのような歌われ方をしたのかを考えることの積極的な研究の積み重ねが少ないことも、ここには大きな要因としてある(1)。

万葉集に残された集団詠と認められる歌群やそれと推測される歌群には、一定の歌の場や歌われ方（歌唱システム）の存在したことが知られる。集団詠の歌の場は、多くは「歌遊び」という方法が取られたものと推測され、歌遊びはいくつかのテーマに基づいて対唱し歌い継がれる歌唱法であったと考えられる。そうした集団詠に展開される歌の関係性を「流れ歌（歌流れ）」と呼ぶことが可能である。(2) このような歌の流れを生み出す文化的要因として考えられるのは、歌うことがすべてに優先する社会的環境の存在したことが考えられ、歌は社会への参加の根本であり、人間の関係を成立させる教養であり、人生の楽しみを享受する手段であることによる。歌は言葉に代わるものであり、歌を通して社会に参加する条件が整うのである。(3) そのような社会的環境により、集団がさまざまな場に歌の場を成立させ集団詠を形成することになるのだといえる。

「歌流れ」は、そうした歌の文化性により成立した方法であるがそれは人の生きるさまざまな相において要請される方法であったといえる。旅の歌に関して見るならば、例えば新羅に派遣される使人たちが、その出発から何度かの船泊まりの途次、そして帰任に至るまでの間においてしばしば繰り返して集団詠を試みているのは、歌うことを優先する文化を背負うからであり、そこには都の家のサロンで行われていたであろう「歌遊び」による集団詠の方法が窺われるのである。あるいは、東国の防人たちが家族をも含む中で別離の悲しみや旅の思いを詠む所にも、そこに防人たちの歌の文化に保証された、集団詠（歌遊び）の方法が窺われるはずである。そうした防人たちの集団詠には、東国に広く歌われていた東国歌謡の歌唱法と繋がる集団の詠法が存在していたものと考えられる。また、万葉集に広く見られる羇旅の歌うたも、集団詠の名残を濃く留めるものであり、そこには旅の出発に当たって詠まれる「旅の別れの歌流れ」や、旅の空にあって故郷を思う「ふるさとの歌流れ」や、旅の道筋を詠み継ぐ「道行きの歌流れ」、あるいは話で聞いていた名勝地を詠む「名所の歌流れ」など、旅の歌に関わる歌唱のシステムが存在したのではないかと考えられる。それらの歌唱の流れを、後に触れる巻十五収録の遣新羅使人たちに見られる旅の歌の諸相をモデル化して掲げるならば、次のような内容に分けられるであろう。

（1）旅の別れの歌流れ（家族や恋人たちとの別れを嘆く歌）
（2）ふるさとの歌流れ（故郷や家族を懐かしく思う歌）
（3）みやげの歌流れ（家族に持ち帰るべき土産の歌）
（4）道行きの歌流れ（旅の道中を地名に沿って詠む歌）
（5）名所の歌流れ（土地の名所を詠む歌）
（6）旅宿りの歌流れ（旅の途次の苦しみを詠む歌）
（7）行路死の歌流れ（旅の途次で死んだ者を悲しむ歌）
（8）帰路の歌流れ（故郷へと向かう途次で詠む歌）

これらの旅の流れ歌は、それぞれの旅の行程で一つあるいは複数のテーマを取り込みながら詠まれていたことが考えられ、このような旅に関しての歌唱システムが認められるとするならば、それを「旅の歌流れ」と呼んでおきたい。これらは、同一集団内で行われる歌遊びの他にも、旅舎などで他の集団や個人とも行われた歌遊びも想定される。そこには、ある程度専門的な歌手も登場し、文娯的性格（文芸性・娯楽性）の旅の歌を披露することもあったであろうし、著名な古歌の披露も行われたことであろう。

4-7 遣新羅使人たちの旅の歌流れ

旅の歌で一定の纏まりがあり出所の明らかな歌群に、天平二年十一月の大宰帥大伴旅人の傔従たちに詠まれた十首がある。帥の旅人が十二月に帰京となるので、旅人とは別に海路により都に上る傔従たちが「於是悲傷羇旅、各陳所心」ということにより詠んだのだと記されている。その説明によるならば、この歌群は「帰路の歌流れ」ということになる。最初に載せられているのは、三野連石守の歌で、背子が私を待つという松原から見渡すと、海人少女たちが玉藻を刈るのが見えるという歌（巻十七・三八九〇）である。石守には他に梅の歌一首（巻八・一六四四）があり、歌への関心があったことは知られる。以後の九首については、作者の名前が知られないことを左注に記している。これらの歌のほとんどが作者未詳だというのは、単純に作者を脱落させてしまったのか、彼らの身分が低いために記されることがなかったのか、詠まれた歌に関心があり、誰が詠んだかについては関心が無かったのか、そのような疑問が生まれる。歌は、最初の石守の「吾が松原」に続いて荒津の海（三八九一）、比治奇の灘（三八九三）、淡路島（三八九四）、都努の松原（三八九九）、武庫の渡（三八九五）の地名が見られ、淡路島の歌以後について諸本により排列が異なることがあり、土地の道順を考えて排列を組み替えることも行われている。地名を持たない歌は、何処で詠まれたかは不明であり、そのことを考慮すれば、これらの歌は整然とした資料によるものではないことが知られる。ただ、大宰府から瀬戸内を通り海伝いに都へと上ることから見れば、当然、道順に基づいて地名を検討することで歌われた順序は自ずから組み立てられるはずである。

これら十首は、九州から都へと至るまでの海の旅を詠み、その旅の苦しみを悲傷する集団詠の歌である。帰路であることからすれば、帰京への喜びがテーマとなるのが相応しいが、それぞれ海路の途次に羇旅を悲傷して詠まれ継がれた歌だという。このテーマの選択については別途に考えなければならない問題を残す。これらの歌が、一定の場所で一首（あるいは地名のない歌を含めて数首）程度の歌が詠まれているのを見ると、帰路に歌われた歌のすべてが拾われたのではなく、代表的な歌のみが収録されているように思われる。長い船旅の中にあって、一つの土地でこの程度の歌数しか詠まれなかったとしたならば、作者の名前を漏らすことは不自然であり、また、それがどのような場で、どのようにして詠まれたのかの説明も難しいように思われる。これが一定の集団詠を形成していたとすれば、それぞれの歌には一定の関係性が存在していたはずである。そのような集団詠の関係性は、歌中の言葉の繋がりにあると考えられる。例えば、石守の「海人少女」は、「海人の釣り船」（三八九二）や「海少女」（三八九九）と、また、「吾が松原」「海人少女」は「わが恋」（三八九一）や「都努の松原」（三八九九）と、「わが恋」（三八九一）は「家をしそ思ふ」（三八九四・三八九五）や「問ひし児らはも」（三八九七）と、「わが船泊てむ磯の知らなく」（三八九二）は「天雲のたどきも知らず」（三八九八）や「奥処も知らず」（三八九六・三八九七）と、「比治奇の灘」（三八九三）は「淡路島門渡る」（三八九四）や「武庫の渡」（三八九五）と関連するように、それぞれが互いに接続し連接していることが推測されるのであり、ここには土地や情況による連鎖性に基づく「羇旅悲傷」をテーマとした集団詠が成立しているように思われる。最後に地名によって歌の位置が固定されることになるが、何よりもこれらの歌が展開する、連鎖性の問題である。このような連鎖性は、歌を共有することを前提とする歌い方として現れるものであろうし、集団詠の特質を十分に示すものといえる。収録された歌は、すべてで十首の歌ではあるが、この連鎖性によって繰り返しが行われ、どこまでも展開を可能にすることが保証されているのである。これらが地名の順に詠み継がれたのではなく、それらの地名は結果として選別され記された段階を示す地名なのであり、むしろ、地名はさまざまに入れ替えが可能であるという特徴を持っていることは認められよう。その連鎖性は場所を違えながら、類型性の中に詠み継がれたものと考えられる。このような推測が可能であるならば、この十首は帰路の途次に多くの歌が詠まれ継がれた中の一部であり、そこには「羇旅悲傷」をテーマとする、数日の間に亘って行われたであろう歌遊びを想定することが出来るのである。

旅の歌がどのように展開するかをみごとに示している歌群は、巻十五に収録する新羅へ派遣された使人たちの歌うたである。ここには「旅の歌の流れ」がさまざまなテーマのもとに収められていて、それ以外のこの旅に生じた事情をも取り込んで歌の流れが展開するのである。その規模は大きく、この歌の流れを積極的に記録するという強い意志が窺われる。巻十五の目録によれば「天平八年丙子の夏六月、使を新羅国に遣はしし時に、使人らの、各々別を悲しびて贈答し、また海路の上にして旅を慟み思を陳べて作れる歌　一百四十五首」と録される。煩雑ではあるが、この使人たちの旅の歌の流れがどのように展開したかを、目録に従

って見ると、

1「贈答の歌」（十一首）
2「秦間満の歌」（一首）
3「しましく私の家に還りて思を陳べたる歌」（一首）
4「臨発たむとせし時の歌」（三首）
5「船に乗りて海に入り路の上にして作れる歌」（八首）
6「所に当りて誦詠せる古歌」（十首）
7「備後国の水調郡の長井の浦に船泊せし夜に作れる歌」（三首）
8「風速の浦に船泊せし夜に作れる歌」（二首）
9「安芸国の長門の島にして磯辺に船泊して作れる歌」（五首）
10「長門の浦より船出せし夜に、月の光を仰ぎ観て作れる歌」（三首）
11「丹比大夫の亡りし妻を悽愴める挽歌」（一首）
12「物に属きて思を発せる歌」（一首）
13「周防国の玖河郡の麻里布の浦を行きし時に作れる歌」（八首）
14「大島の鳴門を過ぎて再宿を経し後に、追ひて作れる歌」（二首）
15「熊毛の浦に船泊せし夜に作れる歌」（四首）

16「佐婆の海中にして、忽ちに逆風に遭ひて漂流せり。豊前国の下毛郡の分間の浦に著き、追ひて艱難を怛みて作れる歌」（八首）
17「筑紫の館に至りて遥かに本郷を望みて、悽愴みて作れる歌」（四首）
18「七夕に天漢を仰ぎ観て、各々所心を陳べて作れる歌」（三首）
19「海辺にして月を望みて作れる歌」（九首）
20「筑前国の志摩郡の韓亭に到りて作れる歌」（六首）
21「引津の亭に船泊して作れる歌」（七首）
22「肥前国の松浦郡の狛島に船泊せし夜に作れる歌」（七首）
23「壱岐の島に到りて、雪連宅満の死去りし時に作れる歌」（一首）
24「葛井連子老の作れる歌」（一首）
25「六鯖の作れる歌」（一首）
26「対馬島の浅茅の浦に到りて船泊せし時に作れる歌」（三首）
27「竹敷の浦に船泊せし時に作れる歌」（十八首）
28「筑紫に廻り来りて海路より京に入らむとし、播磨国の家島に到りて作れる歌」（五首）

のように、二十八の枠組みの中で歌い継がれているものである。(4)

これが新羅に派遣された使人たちの旅の歌の始まりから終わりまでの全容であり、すべてで百四十五首だという。当然のことながら、これらは出発からの時間に沿って歌われ継がれた歌であるから、その順序によって排列されている歌うたである。これらによって数ヶ月に亘る船旅の中で、彼らはその時間をどのように費やしていたかが知られる貴重な資料であろう。このような内容を持つ歌うたが、この時の遣新羅使のみに限定されて歌われたものであったと考えることは不自然であると思われ、むしろ、これは集団の旅が持つところの普遍的な旅の歌の姿だったのではないか。

少なくとも、この一連の旅の歌の形成を考えるならば、最初の1に贈答歌が置かれているのは、「旅の別れの歌流れ」が想定出来る。新羅へ派遣の決まった使人たちは、最も親しい者たちと別れの歌を贈答していることが知られ、それらが妻あるいは恋人との贈答によって成立しているのは、むしろ恋歌において「別れ歌」が存在し、それが旅の別れにも接続することになるのであろう。ただ、ここに整然と配された男女の贈答の関係は、妻あるいは恋人との実際の贈答を意味するのではなく、使人同士の贈答を予想させるし、また、遊行女婦の介在も推定される。実態的に考えるならば、使人たちは妻と自家あるいは某所で互いに別れの悲しみを詠み合ったということになるが、そのようにして別離の歌を詠み合うためには、二人だけで恋歌を贈答するという習慣が存在しなければならない。しかし、この旅の歌群の中に二人の遊行女婦が登場することから見れば、これらが歌遊びの場で詠まれたのではないかという推測を可能にする。これらの贈答歌は、後に触れるように使人たちの仲間同士の場で詠まれ、また遊行女婦も交えた中に詠まれた「旅の別れの歌流れ」に沿った、歌遊びの折の贈答の歌であろうと思われる。

そうした旅の歌を成立させるためには、彼らの生活習慣の中に歌会（文芸サロン）が存在していたであろうと推測され、そこでは時宜に適った歌のテーマが設定されて歌われ継がれていたものと思われる。そのテーマに基づいて歌い継がれる歌の方法を「歌の流れ」と呼ぶことが可能である。旅に出発する者たちはその出発に先立ち、家族や知人たちと別れ難い思いを歌遊びの中で何度も繰り返し歌ったであろうことは、後に見る防人たちの別れ歌も含め、万葉集に広く認められることであり、それは必ずしも妻や恋人に限定されることではない。遣新羅使人たちの別れ歌が妻や恋人に限られているのは、そこに妻や恋人との別れということをテーマとする歌の場があり、その共通の理解の中で別れ歌が彼らにより創造されていることが推測されるのである。その時の妻や恋人との別れは、彼らの共有する別れの姿であった。したがって、ここには彼らがどのようにして愛する者との別れがなされたのかが話題とされているのであり、2の秦間満は、

夕されば ひぐらし来鳴く
生駒山越えてそ吾が来る
妹が目を欲り（三五八九）

と、夕暮れに蜩の鳴く生駒山の難所を越えて妹に逢いに行くのであるが、これは3の歌が、

妹に逢はずあらばすべ無み
石根踏む生駒の山を
越えてそ吾が来る（三五九〇）

のように、しばし家に還りその思を陳べた歌と呼応するように、別途の歌と見せながらも接続しているのは、二つが対詠関係あるいは連鎖性の中にあるからである。先の贈答を受けながらも、石根を踏み越えて妹の所

へと通う難儀を歌うのは類型であるが、そこに自分と妹との関係に由縁を持たそうとしているのである。

4の歌群では、いよいよ出発に当たり愛する者と別れて何処に船は漕ぎ果てるのかという不安を詠み、5では乗船して海に入りその途次に妹を思いつつも、船が次第に浦や島や磯を過ぎて行く様子について詠み継ぐのである。土地の経過に沿いながら通過する情景を詠み継ぐのは、長い時間を掛けながら旅の歌流れの歌会が開かれていることを教えていて、ここから「道行きの歌流れ」が始まるのである。さらに、続くのは古歌の誦詠であり、最初に奈良の都にたなびく白雲が飽きないのだ（三六〇二）と誦詠され、故郷へと思いを馳せる「ふるさとの歌流れ」が顔を出す。続いて人麿の歌として古歌の誦詠がなされるのだが、これは人麿の旅を復元しながら自らの旅の思いに重ねて誦詠されたものであり、最初の三首は、畏れ多い女性に恋い続け（三六〇三）、その妹とも袖を分かって久しく逢えないが忘れたことは無いのだと歌われ（三六〇四）、海に流れ出る河の水が絶えることがあれば恋は止むだろうと歌い（三六〇五）、これらは「恋歌」だという。続いて一連の人麿の旅の歌が続くことから見れば、この三首の恋歌を、人麿の「旅の別れ歌流れ」の歌と理解していたことが知られよう。彼らの最初の贈答歌（妻や恋人との別れ）と構造を等しくするものであり、続く人麿の旅の経過を示す誦詠の歌は、「道行きの歌流れ」に沿うものだからである。人麿の旅の歌流れに沿いながら、それをモデルとすることで使人たちの歌流れが展開されることとなるのである。

7からは、ふたたび使人たちの歌会の歌が始まり、備後の長井の浦では大判官の奈良を思う旋頭歌（三六一二）と作者不明の奈良を忘れないという歌（三六一三）、妹に見せるために沖の白玉を拾って行きたいという歌（三六一四）が続く。ここに「ふるさとの歌流れ」の歌が詠まれ、恋人の土産に白玉を拾いたいという「みやげの歌流れ」が顔を覗かせる。8も故郷に残してきた妹を思う「ふるさとの歌流れ」であり、9も同じ傾向を示しながら、「道行きの歌流れ」を含ませる。10では、長門の浦から船出して月光を仰ぎ観て詠んだという歌が見られる。これも「道行きの歌流れ」の歌であるが、月をテーマとする歌は旅にも恋歌にも多く見られ、恐らく「月の歌流れ」という歌流れが存在したものと思われる。月の光を通して海辺の情景が歌われていて、旅の歌流れに組み込まれていたテーマであることが知られる。11の「古挽歌」は長歌であり、左注に丹比大夫が妻を亡くして悲しんだ歌（三六二五）だという。ここに登場する古挽歌は、妻の死を悲しむものであり挽歌であるが、愛の歌として人々に享受されていたことが知られる。越中の大伴家持周辺にいた遊行女婦の蒲生娘子も、正月の宴席に出席して亡妻の挽歌を伝誦しているのである（巻十九・四二三六左注）。いわば、亡妻の挽歌は人麿に確立され、それは妻の死を悲しむ歌でありながらも、男女の愛の物語りとして理解されていたのであり、同じくこの夫婦も仲の良い鴨が霜が降る夜は羽で覆うように愛したのだが、妻は行く水のように帰らぬこととなり、妻が着て馴れた服を被って独り寝るのだという男の悲しみが歌われるように、夫婦の真実の愛の姿に人々は深く感動していたということである。このような挽歌は、恋歌に属し、すでに一定の評価があり、人々の聞き楽しむ歌として成立していたのである。

あるいは、12では物に属けて思いを述べる歌が見られる。これは旅の歌流れの中でも、一定の文娯性（文芸性・娯楽性）を目的に作られた歌である。船の進行に従って次々に土地の情景が詠まれ継がれるのだが、これは笠金村に「角鹿津にして船に乗りし時」の長歌があるように、この類の旅の歌が見られる。歌の基本には途次の土地や情景が叙事的に次々と展開される「道行きの歌流れ」によって進められ、最後に家に残してきた妹へのお土産として海神の手に巻く高貴な玉を拾い取るが、それを妹に届ける術がないのだと嘆く（三六二七）。旅の風景をパノラマ的に写し取り、妹への思いへと展開させるこの方法は、人麿の石見相聞歌によって形成された、きわめて文娯性の強い道行きの流れ歌であったことを知るのである。

13から始まる周防の麻里布の浦の八首の歌群は、いわゆる「名所の歌流れ」の歌である。「見れど飽かぬ」「浜清き」と褒められる麻里布の浦や淡島が妹との関係の中に詠まれ継がれ、名所を妹に見せたいという思いへ至り、その妹に早く逢いたいという願望へと繋ぐのである。14の二首は、これに追和した歌で、「名所の歌流れ」と妹を思う「ふるさとの歌流れ」の歌である。15は都や家を思う「ふるさとの歌流れ」の歌である。16は佐婆の海で逆風に遭い、漂流して豊前の分間の浦に漂着した時に、漂流した時の艱難を傷み悲しんで詠んだのだという。これは、過去の事態を追懐して詠むという形であり、歌の場の形成される状況を知る重要な手掛かりである。そして、これらの歌の八首は、旅の苦しみや宿りへの不安をテーマとしながら家の妹を思うという内容であり、あきらかに「旅宿りの歌流れ」と「ふるさとの歌流れ」とが組み合わされていることを知る。17の四首は筑紫で「本郷」を望み悲しんで詠んだという、「ふるさとの歌流れ」の歌である。18は七夕になり、天漢を仰ぎ見て所思を陳べた歌であり、これは都で毎年行われる七夕の行事を思い、旅の途次に開かれた七夕の歌会であり、「七夕の歌流れ」の歌である。

19の九首の歌群は海辺で月を望み詠んだものであるが、古来、この歌群に月の詠まれていないことが疑問として提起されている。たしかに、大使の第二男に始まる九首の歌には空に照る月は詠まれていないことが知られ、その理由について長く論議されている。したがって、ここでも明確な理由を見出すことは出来ないが、これらの歌は三首の例外を除くと家や故郷に待つ「妹」を歌中に詠む恋歌であることが知られる。妹が詠まれない例外となる歌は、海人少女の裳の裾が濡れたという歌（三六六一）、一人寝る夜は明けて欲しいという歌（三六六二）、海人が夜明けに浦を漕ぐ楫の音が聞こえるという歌（三六六四）であるが、海人少女を通して妹を思うのは旅の歌の類型であり、独り寝も妹との関係からであるから、これらも恋歌に入るものである。夜明けに海人が浦を漕ぐ楫の音を詠むのは、海人少女と接続するものではあるが、むしろ、夜明けに海人の楫の音を聞いているのは、旅にあって夜の明けるまで妹のいない悲しみを思い続けるという歌なのであり、それは次の「妹を思ひ寝の寝らえぬに暁の朝霧隠り」（三六六五）の歌からも知られる。夜明けの楫の音を受けて、夜明けまで寝られずに妹を思うという歌が詠まれているのである。他の妹を詠む歌うたも、妹を長く思い続けている歌として成立している。そのようであるとすれば、これらの九首は一様に都に残して来た妻や恋人を思うという恋歌により統一された歌群であり、ここにいう「月を望む」という「月」は、空に照る月のことではなく、明らかに「妹」のことであることが知られるだろう。つまり、都に残して来た妹を月に託しているのであり、「月を望む」とは「妹を望む」という意味に他ならない。したがって、これらは妹を月へと比喩する共通の理解が存在して成立した歌群であり、これを「月の歌の流れ」と呼ぶべき恋歌だといえる。月を通して妹を思う歌は、万葉集に類型的に見られるものであり、

吾妹子しわれを思はば
真澄鏡照り出づる月の
影に見え来ね（巻十一・二四六二）

真澄鏡清き月夜の移りなば
思ひは止まず

恋こそ益され（同・二六七〇）

などのように多く見る。その類型を避けて、月を隠して妹を詠むという機知を働かせているのが月を望む歌群の方法であろう。あるいは、

久にあらむ君を思ふに
ひさかたの清き月夜も
闇のみに見ゆ（巻十二・三二〇八）

のように、久しく逢えない君を思うと月は清く照っていても闇ばかりだというのも月の歌の流れに組み込まれていたのかも知れない。また、これは20の筑前の韓亭に船泊りした時に、「夜月之光皎々流照。奄対此華旅情悽噎各陳心緒」べた歌だという六首へも繋がりを持つ歌群である。月の皎々と照る中で、大使は遠の朝廷だとはいっても、都が恋しい（三六六八）というのは、月を通して故郷を思う歌であり、続く歌うたに妹への恋が詠まれるのも、月から故郷の妹へと接続するものである。先の「月の歌流れ」と重なりながらも、これらは故郷への思いを詠む「ふるさとの歌流れ」の歌である。

21は引津の亭にあって詠まれた歌群であり、最初の大判官の「草枕旅を苦しみ」（三六七四）に見られるように、旅の苦しみを詠む「旅宿りの歌流れ」の歌である。その旅の苦しみから故郷が偲ばれ、妻をも思う

という内容に接続して展開する。22の松浦郡の狛島で船泊まりした時の歌群は、「遥望海浪各慟旅心」んだ歌だという。初めの秦田麿の歌は家の萩はもう散っただろう（三六八一）と、故郷へ思いを馳せ、続いて娘子の歌があり、故郷に残してきた妻や恋人の立場で「早来ませ君待たば苦しも」（三六八二）と詠む。この娘子は土地の遊行女婦であると思われ、彼らの妻や恋人の役を果たしている。また、次の「君を思ひ吾が恋ひ」するという女性の歌は、先の娘子の歌が一首だという左注があるから娘子の歌ではない。この娘子以外の歌だとすれば、この時に複数の遊行女婦が彼らの席に招かれていたと考えられるのだが、その注記がないことから見れば、この女性は彼ら使人たちの中の誰かの歌ということになる。(5) 男が妻や恋人となり恋歌を詠むというのも、万葉集に見られる手法であり、女の恋歌を女性の歌だと一律に考えられない問題を持つ歌である。(6)

23・24・25は、使人である雪連宅満が急死したことにより詠まれた長歌による三組の挽歌群である。23の長歌は作者を記さないが、二首目は葛井子老、三首目は六鯖の作る歌であると記す。宅満の急死はこの旅の予期しないアクシデントであるから、それは予定された歌の流れに属さないように見られるが、ここにその急死を悲しむ長歌が三組も詠まれているのは、むしろ、旅の苦しみと旅の死とは深く関与するからであろう。それらの長歌の主旨は、天皇の任務を帯びて韓国へと渡ることとなり、家人の無事に帰り来ることの期待や祈りに背き、故郷を遠く離れて行路死を遂げたことへの悲しみにある。このような行路死の歌は、聖徳太子伝説（巻三・四一五）に見られ、柿本人麿の狭岑の島の石中の死人を見る歌（巻二・二二〇題詞）や、同じ人麿の石見の国で死に臨む歌（同・二二三題詞）により確立された「行路死の歌流れ」によるものである。旅による行路死は、同行者のみではなく帰りを待つ家族の心情を汲み取り歌われるところに特徴が見られ、これらもその類型の中にある。そうした行路死をテーマとする歌が巻十三の古歌謡群にも見られ、それが伝統として存在することにより、ここに「行路死の歌流れ」という、行路の横死者たちを悲しむ歌の流れの存在が想定出来るということである。それは死者を鎮魂する歌であるよりは、旅の宿りの苦しみを歌う「旅の宿りの歌流れ」を受けて詠まれる、旅の苦しみを歌う苦歌（この世に生存することの苦しみを歌う歌）の中の行路死歌なのであるといえる。

23の歌は「岩が根の荒き島根に宿りする君」（三六八八）、24の歌は「露霜の寒き山辺に宿りせるらむ」（三六九二）と、旅の宿りがこのような事となったことを嘆くのであり、旅の宿りに行路死が重ねられることに注意する必要がある。25の六鯖の歌は、恐ろしい海路を「安けくもなく悩み来」（三六九四）て、ついには旅の行路に別れることだと嘆く。そうした旅の苦歌に「行路死の歌流れ」が存在したということである。[7]

26の三首は、対馬の浅茅の浦に到着し船泊りして順風を得ずに五日ほど停泊した時に「瞻望物華」して各々心を傷めて作る歌であるという。浅茅の浦に照り映える紅葉と、鄙に照る月、都の秋の紅葉を思い詠む。その物華を通して故郷をも思うところに、「名所の歌流れ」と「ふるさとの歌流れ」が重ねられていたことが知られる。これを受けて27では、同じ浅茅湾の竹敷の浦の十八首の歌群が成立する。この一群は整然とした纏まりを持ち、いよいよ対馬を越えて韓国へと渡る行路最後の歌遊びの行われた歌群であったと思われ、作者も大使・副使・大判官・小判官と官位の順に続き、対馬の娘子の玉槻が間に入り、また大使・副使・大使・作者未詳のように排列されている。ここにはいくつかの区切りがあると思われ、最初の娘子までのグループは、竹敷の浦の紅葉の美しさを愛でる歌であり、これらは「名所の歌流れ」によって進められたものであろう。玉槻の歌を受けて大使の玉敷の渚に満ちる潮が詠まれ、副使は潮が満ちてきたが紅葉を愛でることに飽きないのだと賞美する。ここで名所の歌流れは終わり、続いて大使の歌が「下紐」を歌うことにより、故郷の妻や恋人へとテーマは移り、作者不明による「ふるさとの歌流れ」が歌われて行くのである。(8)

これらの歌群が行路による歌遊びの歌流れであるが、さらにこの歌群には「帰路の歌流れ」が加えられているのが特徴である。28の五首は韓国から筑紫に帰り来て、海路により京に入る時に、播磨の家島に至り詠んだ歌だという。家島に至ったが名前ばかりで妹はいないと嘆き（三七一八）、妹にはすぐに帰ると言って来たのに年が経たといい（三七一九）、淡路島が雲の中に見えて来たので早く妹のもとに行って逢いたいといい（三七二〇）、この三首は家の妹への思いであり、続く二首は大伴の御津の浜松が待っているといい（三七二一）、御津に船泊てして何時竜田山を越えて行くのだろう（三七二二）というように、我々を待つという御津の浜松へ至り、そして我が家へと辿ることが歌われて結束する。

この新羅へ派遣された一行の歌の百四十五首が、歌われた姿を完全な形で資料化しているという保証はないが、旅において展開する歌の姿を十分に留めている歌群であることは間違いない。それらには縷々述べて来たように、旅における歌の流れが見て取れる。そのような「旅の歌流れ」の方法は、この時に創作されたものではなく、広く存在したであろう集団詠における歌唱システムであったことを保証している。万葉集にはいろいろな歌流れがあり、それらは断片的に存在する場合が多いが、この一群によって集団詠の「歌流れ」がこのような規模において存在したことを示しているのである。

4-8 東国防人たちの旅の歌流れ

東国に成立した東歌は、無名の詩人たちによる民間歌謡の世界である。多くは恋歌であるが、歌遊びや宴楽あるいは労働の折に歌われていた歌が集められたものであろう。それらは、遡れば東国に広く行われていた歌垣の習俗の中に展開した歌うたであったと思われるが、万葉集が採録する段階には東国の地に伝誦されていた著名な歌うたであったと推測することが出来る。[9] こうした東歌の地域と等しくしながら、もう一方に東国の人々による歌群が万葉集に採録されている。天平勝宝七歳二月に筑紫に派遣された東国諸国の防人たちの歌うたである。当時、兵部少輔であった大伴家持が中心となり収集したものであることが「主典刑部少録正七位上磐余伊美吉諸君抄写贈兵部少輔大伴宿禰家持」（四四三二左注）などの記録から知られ、東国諸国の部領使たちにより進上された防人の歌は、すべて一六六首であったことが窺える。この中から家持によって拙劣歌と認定され棄てられた歌が八十二首あり、万葉集に収録されたのは八十四首である。このような防人歌を収集することの意図が、奈辺にあるのかは長く論議されて来ているが、そこには家持の手を経ることにより成立した防人歌の特殊な事情があり、防人歌を通した詩と政治の関係が認められる。家持による拙劣歌という認定も、おそらくこの理解の中にあるといえる。[10] もちろん、それは家持の手を経ることによって意図化された防人歌の位置であり、実際の防人たちの歌がすべてそうした意図の中に存在したわけではない。防人たちの歌はそれとは別途のところに成立していた歌だからであり、防人の歌を採集するという目的化の中に、新たな価値が加えられたのである。したがって、家持の手を経ないところに成立していた防人の歌があること、一方に部領使や家持の意図と関わった防人歌が存在したことも推測されるのである。そのような防人歌の成立の中でも、前者はどのようにして形成された歌うたであったのかということへの関心が生じるであろう。

東歌が作者名を記さないのに対して、防人たちの歌には作者名が記される。これは防人歌を採集し、それを管理することを目的化したことによる相違のように思われる。東歌は無記名性や伝誦性を本来の性質とする歌であるのに対して、今回の防人歌は記名性と非伝誦性とを求められた歌である。その記名性も非伝誦性も、防人歌を採集することの意図化の中に存在したことは明らかであり、防人歌も本来は東歌と等しく無記名性や伝誦性の中に存在することで成立した歌うたであったと思われる。それを物語るのが「昔年防人歌」の八首（四四二五〜四四三二）と「昔年相替防人歌」の一首（四四三六）である。この九首は作者未詳であり、特に相替防人歌の「闇の夜の行く先知らず行くわれを何時来まさむと問ひし児らはも」は、先述の旅人傔従らの歌（巻十七・三八九七）冒頭の「大海の奥処も（知らず）」を異にするのみであり、両者の影響関係が問われる歌である。これはいずれかがその影響下にあるとも見られるが、むしろ、このような歌が広く伝誦されていたことを示す好い例であろう。また、昔年防人歌の八首の中には恋歌と紛らわしい詠まれ方をしている歌を見る。

1 女 防人《さきもり》に行くは誰が背と問ふ人を
見るが羨《とも》しさ
物思もせず（四四二五）

2 女 天地の神に幣帛《ぬさ》置き斎《いは》ひつつ
いませわが背な
吾をし思はば（四四二六）

3 男 家の妹ろ吾をしのふらし
真結《まゆす》ひに結ひし紐の
解くらく思へば（四四二七）

4 女 わが背なを筑紫は遣りて
愛しみ帯は解かなな
あやにかも寝む（四四二八）

5 男 厩なる縄絶つ駒の後るがへ

妹が言ひしを
置きて悲しも（四四二九）

6　男　荒し男のい小矢手挟み向ひ立ち
かなる間しづみ
出でてと吾が来る（四四三〇）

7　男　小竹が葉のさやく霜夜に
七重かる衣に益せる
子ろが肌はも（四四三一）

8　男　障へなへぬ命にあれば
愛し妹が手枕離れ
あやに悲しも（四四三二）

これらは、防人に行く夫（男）とそれを悲しむ妻（女）とにより詠まれている別れの歌である。その中にあって、2は天地の神に幣を奉り私を思うなら無事でいて欲しいと祈り、3は妹の結んだ紐が解けるのは私を思っているからだと残して来た妹を思い、4は夫を筑紫へ見送ったので帯は解かずに寝るのだといい、5は後に残るのはいやだといった妹を置いて来たことを悲しみ、7は寒い夜に重ね着する衣よりも彼女の肌は勝ることだと共寝したことを歌い、8は断ることが出来ない命令だから愛する妻の手枕を離れたのが悲しいことだ歌うように、いずれも恋歌の内容に類するものである。むしろ、これらは恋歌を基本構造として男女の別れ歌が詠まれているように思われる。

このように恋歌へと接近して防人歌があるのは、東歌の恋歌と深く関与するからに違いない。東歌は東国の歌唱文化により成立した歌うたであるが、東歌成立の基層には歌垣の習俗や歌遊びの習慣が想定出来る。歌垣は春と秋とに行われる信仰行事であり本格的な歌会であるが、歌遊びは市の集まりや宴楽あるいは遊楽などの場に行われる臨時の小さな歌垣であり、信仰を離れた歌のみを楽しむ歌会である。このような二つの歌垣の形態が東国に限らず、古代に広く存在していたことは『風土記』を通して知られるが、ここに形成された歌唱文化は恋歌を基本とするものであり、東国に生まれた東歌も例外ではない。むしろ、東歌に残された歌うたが恋歌によって成立していることから見れば、この事情は十分に首肯されることである。特に、防人のみではなく、その妻（妹）も参加する事情を考えるならば、そこには男女による対詠が行われていたことを推測させるのであり、その背景には両者の交流が認められるであろう。例えば、次のような歌を見ると、

吾が面の忘れむ時は
国はふり
嶺に立つ雲を見つつ思はせ（巻十四・三五一五）

面形の忘れむ時は
大野ろに
たなびく雲を見つつ思はむ（同・三五二〇）

あが面の忘れも時は
筑波嶺を
ふり放け見つつ妹はしぬはね（巻二十・四三六七）

わが行きの息衝くしかば
足柄の峰延ほ雲を
見とと思はね（同・四四二一）

足柄の彼面此面に刺す罠の
か鳴る間しづみ
児ろ吾紐解く（巻十四・三三六一）

荒し男のい小矢手挟み向ひ立ち
かなる間しづみ
出でてと吾が来る（巻二十・四四三〇）

は、両者の交流が密接に存在したことを物語るものであるが、そこに東国の歌唱文化の性格を見ることが可能であろう。

この昔年防人歌八首の中からも、歌流れの断片を窺うことが出来る。それは1の妻により歌われた夫の防人派遣への悲しみを出発点として、その無事を祈る2の妻の歌、防人に取られたことにより頻りに妻が自分を思うので紐が解けるという3の夫の歌、ついに筑紫へと見送った4の妻の歌、後に残るのはいやだといった妻を残して来た5の男の歌、送別の騒ぎも過ぎて出発した6の男の歌、故郷を遠く離れて、重ね着よりも妻の肌が暖かったと、懐かしく妻を思い出す7の男の歌、命令により妻の手枕を離れたことを悲しいという8の男の歌のように、そこには男女の別れがある程度時間に沿って排列されており、愛する者との別れの道筋を示しているように思われる。何よりもここに妻が介在するのは、恋歌における男女の対詠と等しい形態の中に防人の歌も存在したことを教えているのである。このことは、東歌の中に残されている五首の防人歌からも類推される。その最初の二首は「問答」とあり、

置きて行かば妹ばま愛し
持ちて行く梓の弓の
弓束にもがも（巻十四・三五六七）

おくれ居て恋ひば苦しも

朝狩の君が弓にも
ならましものを（同・三五六八）

は、愛する妹を家に残すことを悲しむ男が、彼女が弓束であって欲しいと訴えると、妹は残って待つのは辛いから、あなたの弓になりたいのだと返す。これも恋歌の内容に接近するものであり、こうした男女対詠が成立するのは、東国の歌遊びの中に展開していたと思われる恋の男女対詠に因るからだといえる。しかも、これらの別れ歌が悲しみのみを話題としていたのではなく、東歌の中には、

筑紫なるにほふ児ゆゑに陸奥の可刀利少女の結ひし紐解く（巻十四・三四二七）

という、男たちの戯れ歌が詠まれる。これはかつて防人を経験した男たちの中に発想される女性たちへの挑発の歌であり、防人として出立の時にはあれほど妻あるいは妹を愛しく思うのだといった男たちが、今は彼女たちを不安に陥れて笑うのであり、それは歌遊びの性格を濃く示す内容である。そのような中に防人歌と東歌との交わりが存在したということである。

防人の歌は公的な歌か私的な歌かという論議は、防人歌を考えるのに重要な位置を占めて来た。吉野裕氏によれば、防人歌は宣誓式のような儀式での「言立て」による歌であるが、防人制度の変遷に伴い宴の座の進行の中で私情へと向かい、民間歌謡の形態が強くなったというのである。[11] しかし、万葉集が採録した防人の歌に公的な言立てによる歌は、積極的には認め難いように思われ、「大君の命畏み」や「今日よりは顧みなくて」などと詠まれる歌も見られはするが数は限られ、しかも、これらは言立ての歌であるよりも、むしろ、防人としての悲痛な思いを詠んだものだといえる。[12] 家持が「拙劣歌」と認定して棄てた多くの歌に勇壮な歌が含まれていたことが推定されるものの、むしろ、現存する防人歌から推し量れば、今日では防人歌の

公的性格は否定される傾向にあり、身崎壽氏が指摘するように、家族や家郷との離別による羈旅発思や相聞的性格を認めるべきである。[13] それは、吉野氏が結果的に認めている《民間歌謡》の形態に沿うことである。防人歌が民間歌謡の中に成立しているという意味は、それらが東国の長い歌唱文化の歴史に根差しているということであり、また、東歌と歌唱法において深く接続するということでもあり、この歌唱法の理解に立って防人歌の生成が考えられるものと思われる。防人歌が東歌（相聞）と異なるのは、旅の歌だということにあるが、その別離の悲しみが恋人との別れと重なることにおいて両者は共通する。恋人との別離（また、逢えないことの悲しみ）から家族や家郷との別離へと展開を示したのが防人の歌であり、「昔年防人歌」に見るようにその間にはそれほどの大きな隔たりはない。

東国における民間歌謡を考える基本モデルは東歌にある。東歌生成の民俗的要因には歌垣があり、歌垣に詠まれた歌うたは、次の段階で広く行われていたと思われる歌遊びの場や宴楽・労働の場に供され、選別された名歌（伝誦歌、山歌系）が残されたと推測される。万葉集が留めた東歌はこの段階の歌うたであるから、そこに本来の歌唱システムを見出すことは困難を伴うものの、しかし、歌唱のシステムが約束に基づいて形成されていることが認められるならば、東歌も歌唱のシステム（歌流れ）に基づいていることが類推されるものと思われる。何よりも、防人たちが防人歌を残したという事実であり、そこに詠まれた歌のテーマが「旅の別れ」に集約されるということであり、ここに認められるのは、防人たちや家族による「旅の歌流れ」が存在したということである。

防人が詠み込んだ家族は「昔年防人歌」「昔年相替防人歌」では妻あるいは妹に限られていたが、この度の防人が対象とした家族は、多い順に挙げると妹が十七首、父母が十一首、母が十首、妻、子が各三首、父、家人、子と妻が各一首であり、他に妻から防人の夫へが七首、父から防人の子へが一首見られ、これらで五十五首となり、防人歌の大半は家族との関係を詠んでいることが知られる。そのような中に武蔵の国の歌には、「檜前舎人石前之妻大伴部真足女」「椋椅部荒虫之妻宇遅部黒女」のような妻の歌があり、また、防人とその妻との贈答関係を示す歌が次のようにも見られる。

白玉を手に取り持して見るのすも
家なる妹を
また見てももや（四四一五）
　右の一首は、主帳荏原郡の物部歳徳

草枕旅行く夫なが丸寝せば
家なるわれは
紐解かず寝む（四四一六）
　右の一首は、妻、椋椅部刀自売

家ろには葦火焚けども住み好けを
筑紫に到りて
恋しけもはも（四四一九）

右の一首は、橘樹郡の上丁物部真根

草枕旅の丸寝の紐絶えば
あが手と着けろ
これの針持し（四四二〇）
右の一首は、妻、椋椅部弟女

わが行きの息衝くしかば
足柄の峰延ほ雲を
見とと思はね（四四二一）
右の一首は、都筑郡の上丁服部於田

わが背なを筑紫へ遣りて
愛しみ帯は解かなな
あやにかも寝も（四四二二）
右の一首は、妻、服部呰女

足柄の御坂に立して袖振らば
家なる妹は
清に見もかも（四四二三）
右の一首は、埼玉郡の上丁藤原部等母麿

色深く背なが衣は染めましを
御坂たばらば
ま清かに見む（四四二四）
右の一首は、妻、物部刀自売

最初の物部歳徳は、白玉の妻をまた見たいのだといい、妻は夫が旅に行ったら紐を解かずに寝るのだという。また、物部真根は、家では葦を焚いて煙たくても住み良いが、筑紫に着いたら家が恋しくなるだろうといい、妻は旅の丸寝で紐が切れたらこの針で着けなさいという。この贈答のそれぞれの歌は、内容的には呼応していない。むしろ、歳徳と真根との歌は家に焦点を当てていて呼応し、二人の妻の歌も紐に焦点を当てていて呼応する。これは防人と妻とが必ずしも一対となっているのではなく、防人同士あるいはその妻同士のグループの中に対応している歌であることが知られる。この二組は地域を異にするが、物部と椋椅部という同族の関係にあることが知られ、そこに一つのグループが存在したということであろう。それは於田と呰女とにも見られる不一致である。於田が雲を私だと思って見よというのに、妻は夫を筑紫へ遣ったら帯も解かないで独り寝するのかと嘆くのであり、対応を示していない。ここには、本来対応する何らかの関係が存在したはずである。防人と妻とが対応を示しているのは、藤原等母麿と物部刀自女の歌であり、足柄の坂に立って袖を振ったら、家の妹ははっきりと見るだろうかというのに対して、夫が足柄の坂で袖を振ったら良く見えるように、着物の色を濃く染めておこうというのが妻の歌である。この関係から見ると、防人と妻とは一対でありながらも、歌はいくつかの対応関係の中に詠まれていたということであり、そこには集団的な歌唱のシステムが存在したことを教えている。そして、これらは旅の別れをテーマとしながらも、恋歌に支えられて詠まれていることが知られ、特に上総の国の日下部三中の父の歌は「家にして恋ひつつあらずは汝が佩ける大刀になりても斎ひてしかも」（四三四七）は、明らかに恋歌に紛れる歌でり、そのような理由は、これが恋の別れ歌の類型を下敷きにしているからであろう。

これらはいずれも家郷での別離に際して妻との対詠や家族との別れ歌を窺わせる防人の歌であるが、一つには、防人らが別離に当たり旅の別れ歌を集団的に歌っていたということが知られる。防人歌の全体的な歌の場は、故郷での別れ歌、旅の途次の歌、難波での歌に絞られて論じられて来ているが、そこには幾つかの収まり切らない問題があり、また都風な表現も見られることの必然性や、文字により採録される段階は何処かなどの残されている課題もあり、最近の林慶花氏の論によってそれらの問題が整理され論じられている。(14)その結論に触れるならば、防人歌の採録の場は中央の文化とも接触する場であり、そこに防人歌の生成の問題があること、難波津での歌は防人の行路の中間地点でありながらも再出発の場でもあることから、家郷での別れと重なる抒情が引き出されたのであろうという所にある。防人歌の文字化による採録を考えたときに、林氏の指摘は首肯される。ただ、先に掲げた磐余諸君が家持に贈った八首の「昔年防人歌」は、諸君が「抄写」したものであるとあり、防人歌がすでに文字化され抄写されることも行われていたことが知られるし、あるいは信濃国の部領使は道中に病を得て来ることが出来なかったが、進上の歌は十二首だというから（四四〇三左注）、少なくとも家持の手に届くまでに防人歌の多くは文字に写し取られていたことが知られ、今回の防人歌の収集に限らず防人歌は段階的に文字化されていた可能性を示唆するであろう。

防人歌が歌われたという段階と文字化されたという段階とを一致させることは合理的考えではあるが、郷里において歌われた防人歌は家族たちとの別離を嘆く別れ歌であり、それはそのように家族たちと対詠された「旅の別れ歌流れ」の中に収まるものであろう。その段階では文字化されることは無く、伝統的な歌唱の形式である「流れ歌」の方法で歌い継がれていたものと思われる。それは家郷を離れて旅の途次で歌う「旅の宿り歌流れ」とも呼び得る草を枕の旅の辛さを詠む場合も同じであろう。これらも旅の流れ歌の中に収まるものであり、文字化される必然性や必要性は直ちには必要としない。それでありながら、防人歌がある段階で文字化を可能とし得ているのは、防人歌が「歌流れ」の方法によっているからであろう。流れ歌の方法に基づけばその復元は可能なのであり、妻や家族の歌も旅の途次で繰り返し歌遊びとして歌唱されていたものであろうし、そのことによりどの段階の歌も容易に復元することが出来る。それが歌を流れとして歌うことによる特質であり、集団詠による歌唱法の特質であろう。そのことにより、歌は過去も現在もあるいは未来も、同じ枠組みの中に現れる場合もあるのである。

また、防人の歌に都ぶりが入っているという疑問も、流れ歌を想定すればおそらく可能であろう。都人たちも旅への出発に当たり、あるいは旅の途次に、互いに旅の別れ歌を歌っていたからである。万葉集はそれを「羈旅発思」などに分類しているように、都の官人たちも頻りに「旅の別れ歌」を歌っていたのである。そのような都風の別れ歌が防人たちの歌と交流することは、むしろ必然的な状況であったと見るべきであろう。

4-9 悲別の歌流れ

女たちの別れ歌

旅の歌は万葉集にさまざまに収録されているが、そこには草を枕の辛い旅宿りや行路の苦しさ、残してきた故郷の妻や恋人への思いが歌われている。それらが纏まりを持ち分類されると「羈旅発思」という旅の歌となる。巻十二に載る「羈旅発思」(三一二七〜三一七九)の五十三首の歌は、多くは故郷の妻や恋人への思いを詠む、恋歌系統のものである。これに続いて収録される「悲別の歌」(三一八〇〜三二一〇)の三十一首の歌は、旅の別離の悲しみを歌うことを基本としながら、ここでは女たちによる「悲別」がテーマとなる歌流れが見られるように思われる。それを「悲別の歌流れ」と呼んで置きたい。この「悲別の歌流れ」を取り上げるのは、旅の別れ歌が民間歌謡の段階でどのように生成するかということを明らかにするためである。如上の防人たちの別れ歌が、恋歌系統にあることとも関わる問題であり、それは広く民間に歌唱されていた別れ歌が基本にあるように思われるのである。

ここにいう「悲別」(悲しい別れ、あるいは、別れの悲しみ)とは、歌の内容から判断すると、旅に行く男たちとの別れの悲しみであり、旅の空を思いながら男たちを恋い慕うという、女たちの悲しみが中心となっている。三十一首の中に男の歌は三首のみの僅少であるから、この「悲別」が女の側の悲しみの歌として収集されたことが知られる。これは先の羈旅発思の歌とは表裏の関係を結ぶ内容である。羈旅発思の五十三首が旅の途次に妻や恋人を思うという内容であるから、そこに成立しているのは男たちの歌である。ただ、その中には次のような、

月易へて君をば見むと思へかも
日も易へずして
恋の繁けく（三一三一）

旅にありて恋ふれば苦し
いつしかも都に行きて
君が目を見む（三一三六）

愛しきやし然る恋にもありしかも
君におくれて
恋しく思へば（三一四〇）

梓弓末は知らねど
愛しみ君に副ひて
山道越え来ぬ（三一四九）

外のみに君を相見て
木綿畳手向の山を
明日か越え去なむ（三一五一）

霍公鳥飛幡の浦にしく波の
しばしば君を
見むよしもがも（三一六五）

という、六首のみの女たちの歌が見られる。これは家で待つ女たちの心を一定の間隔を配慮して特別に挿入した感があり、そうした挿入された女の歌の意味を考えるならば、これらは旅の途次の宿りで歌われた男たちによる女の立場の歌ということが想定される。家で待つ妻あるいは故郷で待つ恋人の思いを挟みながら、「旅宿りの流れ」の歌が歌われたということであろう。おそらく、それは男たちが旅の出発に際して妻や恋人たちと別れの宴で歌い交わした「旅の別れ歌流れ」に本歌があったのだと推測される。

そのような推測を可能とするのが、女たちによる「悲別の歌」の存在である。これには男の歌が三首含まれていて、

あしひきの山は百重に隠すとも
妹は忘れじ
直に逢ふまでに（三一八九）

飼飯の浦に寄する白浪しくしくに
妹が姿は
思ほゆるかも（三二〇〇）

時つ風吹飯の浜に出で居つつ
贖ふ命は
妹が為こそ（三二〇一）

のように、旅の途次に妹のことを思うという内容である。これらの三首もまた特別に挿入された感があり、三首の歌も本歌は別に歌われていたと考えられるが、ここでは女たちの悲別と呼応するように流れとして歌われた女たちの歌であろう。それは編纂の枠組みの中で意図されたものであるよりは、広く行われていた歌遊びにおける流れ歌の中の問題であるように思われる。

悲別の歌は旅に行く男たちとの別れ、草を枕の旅の宿りにある男への思いを悲しみとして詠むものだが、そこに見送る側、待つ側の立場が一連の歌として成立していることが知られる。だが、この悲別の歌が旅の歌の分類を取らずに、「悲別歌」とのみ記したのは、悲別といえば旅の歌という理解も可能であるが、むしろ、これらは必ずしも旅に関わる歌だという保証の無いことを示唆しているように思われる。それは、次のような歌から知られるであろう。

1　うらもなく去にし君ゆゑ
朝な朝なもとなぞ恋ふる
逢ふとは無けど（三一八〇）

2　白栲の君が下紐
われさへに今日結びてな
逢はむ日のため（三一八一）

3　白栲の袖の別れは惜しけども
思ひ乱れて
ゆるしつるかも（三一八二）

この冒頭三首は、男の旅の出発に当たって詠まれた女の歌と見ることは十分に可能であろう。1は何の物思いもなく去っていった男のために、逢える保証も無いのに朝ごとに男を恋続けることを詠む。しかし、男が何の物思いも無く旅に出立したというのは、不自然な内容であり、これは夜に訪れてきた男が、女に何の愛の言葉も掛けずに帰っていった情景の歌ではないかと思われる。久しく恋い慕っていた男にようやく会うことが出来たのに、つれなく帰って行ったことへの恨みである。2は下紐を結ぶのは旅の歌にも見られるが、一般的には恋歌の類型である。愛し合った男女が互いに紐を結び合うことが、旅の別れ歌にも展開しているのである。3は二人は袖の別れは惜しいと思い心乱れることだが、別れを許したことだという。この別れが男女の別れか、旅の別れかは紛らわしいと思われるが、おそらく愛する男女の別れが歌の基本であろう。先に見た紀女郎の「今は吾は侘びそしにける気の緒に思ひし君をゆるさく思へば」（巻四・六四四）や、同じく「白栲の袖別るべき日を近み心に咽ひねのみし泣かゆ」（同・六四五）と等しい別れ歌であることを知る（「恋の流れ歌」参照）。それが旅の別れにも共有されているものといえる。

そうした愛する男女の別れ歌は、恋歌の道筋に用意されている最後のテーマである「別れ歌」に属する歌であると思われる。これは恋の始まりから愛の約束に至る歌の道筋の最後に愛する男女が別れ難い思いで別れることを歌うものであり、万葉集にはこのような愛の別れ歌は多く見られる。「悲別の歌」には、他にも、

4　真澄鏡手に取り持ちて見れど飽かぬ
　君におくれて
　生けりとも無し（三一八五）

5　春日野の浅茅が原におくれ居て
　時そとも無し

わが恋ふらくは　（三一九六）

6　おくれ居て恋ひつつあらずは
田子の浦の海人ならましを
玉藻刈る刈る　（三二〇五）

の、4は大切な人に残されたことで生きる思いを失った心を詠むが、これも恋歌の典型であり、5も同じ内容を詠み、これは密会の場所で別れ、残された女の歌が本歌であろう。6も類似の内容であり、後に残された苦しみをしているより、海人となって玉藻を刈っている方がまだ楽だというのである。これらは、夜に通ってきた男を夜明けに見送る女たちの歌や密会の後の歌の類型であり、その枠組みの中に別れ歌が形成されていることを予想させる。そして、これらが旅の別れ歌として再生産され、旅にある男たちは妻や恋人らが旅立ちに見送ってくれた情景を思いつつ、旅の途次の歌遊びで、これらの別れ歌を繰り返し繰り返し歌い継いでいたものと推測されるのである。

まとめ

これらの「旅の歌流れ」が、個人の旅の思いを基としながらも、個人の思いのみによって詠まれていたものではなく、基本的には集団的な歌唱の方法の中に形成されたものであると考えられる。古くから歌い継がれていた旅の別れ歌もあり、それらを受けた即興の別れ歌もあり、あるいは、恋歌と紛れる旅の別れ歌もある。恐らく、そうした旅の別れ歌は、民間歌謡としての生命を広く保っていたはずであり、そこには旅の別れも、男女の別れも（そして死別も）、別れ歌としての同じ枠組を持っていたのだと推測される。そのようであれば、それらの別れ歌は、彼らの共同性の文法の中に存在していたことが推測されるのであり、それゆえに、そこに流れ歌としての歌唱システムを考えることの必要性が問われるのである。

（1）――万葉集の中に誦詠的性格を認め形態的に論じた著書に、久米常民『万葉集の誦詠歌』（塙書房）がある。人麿歌集における歌の場と歌われ方について論じる著書・論文には、渡瀬昌忠『柿本人麻呂研究　歌集編上』（桜楓社）『柿本人麻呂研究　島の宮の文学』（同）「柿本人麻呂における贈答歌―波紋型対応の成立」『美夫君志』第十四号などがあり、以後においても同氏は積極的に論じられている。
（2）――本書「歌の流れ」参照。
（3）――中国の少数民族の間には、「以歌代言」や「食養体、歌養心」という言葉が見られる。

（4）――本文は、講談社文庫『万葉集　全訳注・原文付』による。以下同じ。
（5）――講談社文庫『万葉集　全訳注・原文付』の当該歌注に、「三六八二に続けた、遊女の立場に立つ官人の戯歌」とある。
（6）――男による女歌の形成については、青木生子「男性による女歌」『万葉』第百六十八号に詳しく論じられている。
（7）――辰巳「情祭挽歌」『詩の起原　東アジア文化圏の恋愛詩』（笠間書院）参照。
（8）――本書「歌の流れ―万葉集における集団詠の歌唱システム」参照。
（9）――辰巳「東国歌謡の生態―《山歌系》について」注7参照。
（10）――辰巳「民と天皇―防人の歌はなぜ悲しいのか」『國學院大學紀要』第三十九号参照。
（11）――『防人歌の基礎構造』（伊藤書店）
（12）――辰巳「民と天皇―防人の歌はなぜ悲しいのか」『國學院大學紀要』注10参照。
（13）――「防人歌試論」『万葉』八十二号
（14）――「天平勝宝七歳防人歌の場」『日本文学』二〇〇一年三月号

5 東アジア文化と詩の起源論

もちろん、ここにいう東アジア文化圏という概念は、先に述べたような懸念や疑念があり、構想途上の概念であることは間違いない。それゆえに批判の対象ともなり、誤解も生じることとなるが、少なくともかつてのような日本文化の優位性を説くことが主旨でも目的でもない。東アジアという極東の地域が歴史的にあるいは運命的に交流や接触を繰り返すことにおいて形成された、それぞれの国や地域の文化的形成の検証を通じて、それぞれの国が形成した文化への尊敬と尊重である。そこにあるのは、それぞれの文化論を通して語られる源泉とその文化の運命についてであり、また、国境を越えたヒューマニズムの問題に他ならないのである。

●本文より

東アジア文化と詩の起源論

東アジアあるいは東アジア文化という枠組みの中で詩の起源を考えるならば、そこにどのような問題があるのだろうか。東アジアという概念については、今日の文化学に馴染んではいるが、それが日本側から発せられた経緯があるだけに、かつての大東亜共栄圏を想起させるという懸念が、韓国や中国あるいは日本においても見受けられる。そこには、東アジアというのが〈東亜細亜〉の書き換え語でしかなく、例え〈東アジア〉に置き換え得たとしても、歴史的あるいは政治的に何ら問題は解決されないという疑念が残されているからであろう。そのことによって東アジアという用語は慎重でなければならないことは事実であるが、大東亜共栄圏構想が西洋の文化優位論（その本質は、植民地政策）に対する東洋文化の恢復を背景としたことは事実であり、明治以来の脱亜入欧か東洋文化の堅持かという二極的対立の状況が生じていた中に構想されたのである。

その極に達した論議は大正十一(一九二二)年に始まる「漢学振興に関する建議書」(第四十五回帝国議会)の上程とそこでの激しい論議を参照すれば、東洋文化尊重への経緯が理解されるはずである。この建議書を上程した理由書によれば「漢学が古来我が国の文明に貢献し国民思想の上に資益したことは大きく、言うに及ばないところであり、今後もまたこれに期待するところは少なくない。しかし、ひとたび西洋文芸が伝来すると、人々はこれに走り、漢学は疎んぜられその神髄を窺うことは難しくなった。今日、ここにおいて振興の途を講ずることは急務である。」[1]という。その背後には明治における急激な西洋文明摂取への反動が認められ、日本語を廃止して英語を用いよという自国語放棄論、日本人は西洋人と結婚して日本人種を改良せよといった人種改良論まであり、西洋と東洋という二分された文化の対立の中で、第一次世界大戦を経てドイツによるアメリカへの宣戦布告(一九一八)やロシア革命(同)、日英同盟の破棄(一九二〇)など国際情勢の急激な変動の時代を迎えて、東洋文化の尊重を説く正当な論議は一定の評価を得るものの、激動する時代の中でナショナリズムへと吸収されるという運命をたどることとなった。むしろ、日本は西洋主義への批判の立場を取りながらも同じ論理の流れに乗り、東洋文化を標榜しつつ日本文化の優位論へと向かう結果となったのである。

5-1 東アジア文化ということ

文化論がその時代において一国内の思想や政治と密接に関与することで展開した歴史の教訓は、一国主義がナショナリズムという偏狭性を抱える危険性を避けられないということであろう。近時における東アジアという概念は、この地域の経済的戦略を目論む日本の側の立場が見え隠れすることは事実であるが、経済中心を超えて文化の交流へと移行しつつある今日において東アジア文化圏という概念は、ナショナリズムを排することで共通の理解へと及ぶことを理念とし、また、西洋主義を排して東洋主義を標榜することの過ちも十分に理解することによって想定される、新たな東アジア文化論の可能性への検証にあり、そのことを通したヒューマニズムへの期待にある。そのような東アジアおよび東アジア文化圏の構想は、漸く中国あるいは韓国の研究者にも理解されつつあり、李成市氏は東アジア文化という概念には慎重の上にも慎重ではあるが、「東アジア文化圏の形成を考えるということは、たんに歴史が展開した空間を、日本から東アジアへと拡げるとか、国際関係や文化交流を重視するといったようなことではない。これまで考えてきたような一国史観の枠組みを相対化し、そうした歴史の見方を解き放とうとする試みである。(2)」と語るのは、きわめて正当な指摘であろう。ただ、李氏の「東アジア文化圏の形成を、そのような一国史観を乗りこえようとする思惑のもとで構想することは、いまだ十分に検討されているわけではない。いわば構想途上の枠組みである。」(同上)という指摘は、日本の外側から発せられているだけに重要である。日本側において東アジアという概念が既定のものとして理解されているのに対し、李氏は改めてこの概念の洗い直しから始めようとするのである。したがって、ここに東アジアあるいは東アジア文化圏という場合には、少なくともこの地域の日本・韓国・中国[3]に合意されるべき基本的な枠組みの設定が求められるであろうし、それは一国内での自足した東アジア文化論ではなく、日本・韓国・中国との十分な論議と努力の中に理解され合意されることで形成される文化概念の建設の必要性である。かつて、中国史学の西嶋定生氏も漢字文化が東アジア地域にいかにして伝播したのか、そこに形成された文化圏の実体はどのようなものであるのかというような問題については、ほとんど検討が成されていないことに驚いているのだが[4]、それはもちろん漢字文化に限られたことではないのである。

この東アジア文化圏という構想は、現在の政治・経済の状況と重なりながらも、新たな文化概念の形成へと向かうことが期待されているのであるが、その基本となる東アジア文化圏の概念は、既に論じられて来た文化圏論の総合性の中にある。大ざっぱな捉え方ではあるが、一つには漢字文化圏であり、二つには儒教・道教文化圏であり、三つには仏教文化圏である。いうまでもなく漢字と儒教・道教は中国に発し、仏教はインドに発する。漢字・儒教・道教は朝鮮半島に入り日本に受け入れられる。仏教はシルクロードを経て中国に入り、朝鮮半島を経て日本に受け入れられる。その長い文化交流の、あるいは文化接触の中で、それぞれに大きく変質を遂げて行くこととなる。その変質のルートは複雑である。儒教の場合には中国のどの時代の儒教研究のものか、どういう学者の研究に基づく儒教の受け入れかという問題があり、また受け入れる側の要求する理由や根拠は何か、そのような状況を抱えながら儒教が隣接する国や地域へと至る。仏教の場合には、さらに複雑な経緯が予想されよう。特に中国において仏教は儒教および道教と対峙することで、儒教や道教の教理をも取り込む必要が生じた。そのことによって、仏教は儒教的・道教的な性格を帯びることとなる。これは翻って儒教にも道教にもいえることであり、それらもまた仏教的な性格を自ずから帯びることとなったのである。そのような文化が交流し融合しつつ三教的文化が成立するが、それでありながらも、それぞれの文化が自立して存在し続ける。しかも、そのような三教的文化が中国を離れて朝鮮半島や日本へと至るのであり、それを受け入れるに際して在来の文化との摩擦が生まれるが、その摩擦によるバランスが朝鮮半島の文化や日本の文化を独自に生み出すこととなる。

このような儒教・道教や仏教を源流とする周辺をも抱えた文化状況は、まさに東アジア的であるといえるのではないか。古代の日本が応神天皇の時代に論語（儒教）と千字文（漢字）を朝鮮半島の百済から受容したという伝説は、その二つの書物に限定された文化の受容ではなく、中国文化そのものの受容の意味である。その中国文化はこの時代に朝鮮半島を経由して輸入されたことからいえば、中国文化は朝鮮半島の文化と融合し、その融合した文化が日本古代に伝えられたことを意味する。そのようにして定着した日本文化が想定されれば、その文化の様態は日本的であり、朝鮮半島的であり、さらには中国文化的であるという状況を示しているはずである。古代日本の儒教文化の流れは、まさにこの三極の中に存在しているのであり、そのような様態こそ日本的というべきである。これを個別的に見ればまさに日本的なのであり、またそれは朝鮮半島的であるという認定も誤りではないのであり、かつ、中国文化的だという認定も誤りではない。五言や七言による漢詩が周辺の地域や国の文化として形成される状況も、同じ枠組みの中に認められる。さらに仏教文化の受容を考えるならば、ここにインドも含まれ、大陸において独自の文化と融合し、それが朝鮮半島を経由して日本に伝えられた。その四極の中に日本の仏教文化は開花するのであり、それぞれの国ではその固有の信仰・習俗と結合しながら新たな仏教文化を形成する。そのようにして変容した日本の仏教文化はインドや中国あるいは朝鮮半島そのものではない。それは日本的であると同時に、まさに東アジア的な様態なのである。[5] これは漢字の運命を顧みれば理解し易い。漢字によって既定された周辺諸国の文字文化は、明らかに漢字文化圏を形成した。しかし、今日の漢字文化圏は、源泉である中国において大きな変革の中にあり、韓国は漢字以外にハングルを発明し漢字を一部用いることもあるが、およそは放棄した感がある。源泉の漢字をある程度忠実に残存し続けているのは台湾漢字であり、日本は中国とも台湾とも異なる平仮名や片仮名を含む日本漢字の中にある。そこには漢字文化圏でありながら、それぞれの運命をたどることで東アジアの漢字文化を構成している。それもまた東アジア文化圏に見られる、固有な文化の様態なのである。

　もちろん、ここにいう東アジア文化圏という概念は、先に述べたような懸念や疑念があり、構想途上の概念であることは間違いない。それゆえに批判の対象ともなり、誤解も生じることとなるが、少なくともかつてのような日本文化の優位性を説くことが主旨でも目的でもない。東アジアという極東の地域が歴史的に、あるいは運命的に交流や接触を繰り返すことにおいて形成された、それぞれの国や地域の文化的形成の検証を通して、それぞれの国が形成した固有な文化への尊重と尊敬とである。そこにあるのは、それぞれの文化論を通して語られる源泉とその文化の運命についてであり、また国境を越えたヒューマニズムの問題に他ならないのである。儒教にしろ仏教にしろ、それらは漢字という文字文献を中心とした東アジア文化である。その限りにおいて東アジアの周辺地域や周辺諸国は、中国文化の影響という枠組みの中にある。それゆえに、比較文化論や比較文学論は源泉に対して厳密な調査や検証を繰り返して来た。それ自体の方法論は大きな成果を上げて来たことは事実であり、今日も重要な方法として継承されている。このような歴史性による比較論は、近接する国と国との文化の伝播ということを重視する学的方法であり、ヨーロッパにおいては自国文化のアイデンティティーの確認にあったが、戦後のフランス学派による比較文化論・比較文学論は一国主義を越えて、文化や文学の普遍性の問題へと目が向けられ、国境を越えた民族や国の交流に向かうことで、そこに現れる文化現象を検証し、やがてはヒューマニズムの問題へとたどり着いたのである。

5-2 もう一つの「詩の起原」論

詩の起源に関するアプローチは、それぞれの関心や立場において異なる。古代日本においては朝鮮半島から漢字を受け入れることで、古代の日本文献は漢字によって覆われた。その段階をもって日本文化の枠組みは漢字文化圏の一員としての宿命を背負うこととなるのであり、さらには遣隋使や遣唐使の派遣により大量の中国文化受容の時代を迎える。文字文献を前提として日本文学を考えるならば、中国文化や漢字文化を除いては考えがたい状況の中にある。それを源泉論として論じれば影響関係論へと展開することは必然的な方向である。かといって本居宣長のように漢意を排して純粋な和語や大和心を求めることを試みても、それがイデオロギーとしては成功しても漢字の持つ力から逃れることは不可能である。日本語を漢字で表記することの苦悩も、日本の漢字文献を扱う場合の苦悩も、太安万侶以来ここにある。漢字という文字による日本文献は、こうした漢字文化の宿命の中に存在するということであり、そうした宿命の状況を東アジア文化の状況として考える必要があるのである。このことは、やはり日本に限らずこの地域に限定された漢字文化圏の宿命なのである。そのような宿命の中においてこそ東アジア漢字文化圏の構想を三国共通に建設すべきであり、そこにおいて初めて日本も韓国も古代文献の形成が問われることになるはずである。そして、中国においても周辺諸国に及んだ源泉としての漢字の運命について積極的な考察を行う段階にあるように思われる。

もちろん、漢字によって表記された段階が文学の発生を語るものでないことは自明であろう。それ以前に長い口承の時代が想定されるからである。したがって、文字以前における文学発生の論は、文字以後における影響論の枠組みでは解き得ないことも明らかである。それゆえにこそ、R・G・モウルトンは「文明の自叙伝としての世界文学」を想定することとなるのであり(6)、あるいは、エチアンブルはナショナリズムに偏向する比較文学への批判を行うのであり(7)、それらは偏狭な一国主義を排し、世界に現れる文化現象としての文学に対する普遍性への検証にあった。特にエチアンブルによる比較文学の危機という問題意識は、当時の比較文学が井の中の蛙であることに抗し、また一切の国粋主義者に抗して、比較文学がユマニスムにあることを宣言するところにある（前掲書）。このエチアンブルによる比較文学論が日本に受け入れられ、万葉集研究において具体化し大きな成果を挙げたのが中西進氏であった(8)。それらに特徴的に見られる比較論は、単に文字現象としての段階を越えて、文学の持つ一般性への追求にあったのである。そのことにおいて比較文学は隣接科学をも取り込み、さらに文学の発生論に大きく関与することを可能とした。それは、ある意味では自らの比較文学論を否定する態度の上に構築される比較文学の学的方法である。比較論は、科学認識のための単なる一手段であり、[9] あるいは、補助的方法に過ぎない[10]という限界を抱えながら、一般文学論への架橋は比較論の新たな道筋を強固に示すものであったといえる。

日本文学における文学の発生に関する研究は、民俗現象の中に認められる信仰を起源とする折口信夫氏、歴史社会学の立場から王権論を中心とする西郷信綱氏などの先駆的研究を受けて、現在においては古橋信孝氏[11]や藤井貞和氏[12]などに受け継がれて大きな成果を挙げて来た。特に、古橋・藤井両氏の発生論の特徴は吉本隆明氏の幻想論、言語美論などをも抱え込み、さらに南島・沖縄を視点に入れたことにあり、文字文献としての日本古代文献を乗り越える開明性を獲得したことである。その成果は折口氏の南島・沖縄研究による発生論を継承するものであり、戦後の歴史社会学の限界を超えることを可能としたところにも特質を見ることが出来る。

もっとも、ここにはそれがなぜ南島・沖縄かという問いがあろう。そこには文字以前の沖縄を相対化することにおいて、古代日本文学の発生という状況の枠組みを取り出すという考えがあったものと思われる。ただ、折口氏の南島・沖縄研究は、この時代の状況の中においての南島・沖縄であったといえる。妣が国・常世の国を海の彼方に望みながら、沖縄の最果てに佇んで〈南方支那〉を思い続けていたのが折口氏であった。いわば、南島・沖縄を越えて中国南方の民族文化へと目を向けていたのである。[13] そのことから推定するならば、折口発生論の完成は、中国南方の文化現象との比較論の中にこそ「国文学の発生」があったということになろう。折口氏は、南島・沖縄の海の向こうに何を見つめていたのか。

南島・沖縄の海の向こうに文学発生の環境を見ることは、それほど容易ではない。そこに求められるのは、同一な文化現象の指摘にあるのでもなければ、影響の問題にあるのでもないからである。南島・沖縄研究を日本の古代に遡及させる方法も、影響論にあるのではない。文学の発生の普遍性への関心である。したがって、それは地球上のどの民族の文化現象でも可能なのだが、南島・沖縄であることの重要な意味は、おそらく〈東アジア〉の文化現象としての問題にあるからである。時代を遡れば沖縄は琉球という王朝を持つ一国であり、琉球はさらに「阿児奈波嶋」（『唐大和上東征伝』）と呼ばれ、『隋書』東夷伝には「流求」が見られ、それが台湾か沖縄か紛らわしい状態に入る。しかし、琉球の人類・民俗・言語の類型は日本に属するという特徴を持ち、そこには民族的な類縁性が求められている。それでありながら、南島・沖縄が中国南方の文化と深い関係を結ぶのは、明らかに地理的な問題にあるということである。海を隔てながらもそこには文化的な交流あるいは接触が認められ、そのことにおいて南島・沖縄は日本的であると同時に中国南方的な様態の中に存在するのである。

しかし、ここに問題として現れるのは、文字以前の文学発生論に直面するということである。それは、当然のことながらその発生のオリジナルを求めることを困難にさせるほどに遠い記憶の問題へと遡るものであり、単なる影響論や交流論では及び得ない問題を抱えることになる。そのことの了解の上で発生論が語られるべきであるから、素手による発生論は不可能であろう。それゆえにこそ、南島・沖縄研究への接近があり得たのであり、それは古代日本を想定する尺度であった。

だが、もう一方に忘れてはならない発生論の存在したことである。それは、比較詩学を通して文学の発生を論じていた、昭和初期の詩学者である竹友藻風氏による詩の起源論であった。彼の『詩の起原』[14]は、日本の古代歌謡や中国の古代詩あるいはギリシャ叙事詩などを平面に配置することで得られる詩の起源論である。

それは影響の問題でも交流の問題でもない、文学の普遍的な様態としての起源論であり、すでにこの時代にこのような問題の提起が行われていたことは重要である。何よりも文学の発生論は、比較文学論の立場に立つならば一般文学論としてのそれに行き着くはずであり、地域や国において行われるのは、その途上の分析過程でしかないのである。もし、それが偏狭な一国主義に満足するならば、つまるところナショナリズムの問題でしかないという譏りは免れないであろう。近時における古橋信孝氏の懸念もそこにあると思われるのだが、しかし、辰巳の『詩の起原』[15]に関しての批判は、このような起源論への無理解から生じた誤解による批判であろうと思われる[16]。中国西南地域の少数民族の歌唱文化を通じて、日本古代の歌垣や恋歌の生成を論じるのは、すでに繰り返すまでもなく影響論をはるかに超えた問題だからである。いつ、誰が、どのように文化を伝播したのか、そうした伝播論をも超える問題である。それは「すでにそのようである」という文化状況の中に想定される恋歌の起源を考えることで成立する問題である。古橋氏が想定する発生論も、恐らくはこのような所にあるものと思われるが[17]、もし、そのようであるとすれば、それはすでにそれぞれの民族が持つ基層文化へと帰着するであろう。

5-3 歌の路と歌流れ

生産叙事歌の再検討

それぞれの民族の根となっている文化現象を見ても、他の民族との類似性が強く認められるという現象の発見によって、ヨーロッパにおける比較文学論の出発を告げた。だが、文字以前の口承による文化の類同性は、そのオリジナルを主張することの困難さへと向かう。同じように東アジアの地域においても、異質と思われながら同質の文化現象は多い。特に、日本古典文学に特徴的に現れる恋歌は、プライベートな内容と思われる表現世界であるから、比較論の中でも最も困難を伴う研究である。むしろ、個人の恋の心を表現する恋歌をなぜ比較論として扱う必要があるのかという素朴な疑問が生じるであろう。しかし、秘匿される恋歌は消失して残らないことが理解されれば、残ることを可能としたのは文字の問題となる。もちろん、恋歌は文字をも遡る。あるいは、それが残るとすれば伝承されたということになるが、伝承を想定すれば当事者の恋の体験を越えたところへと変質することが予想される。そうした個人レベルへの還元や拘束された恋歌論は、なぜ恋歌が個人の秘密や心の中の思いに属する内容を留め得たのか、という謎を解かない。

むしろ、恋歌は多くの聴衆の前に公開されることを原則とするのだと考えるならば、いくつもの謎は解決されるはずである。そのような公開の恋歌を遡れば、そこには歌垣という歌会の習俗にたどりつくことになると思われる。この歌垣の中には、さまざまな恋歌を生み出すシステムが存在するのであり、恋歌はこのシステムの中に存在したことが予測されるのである。そのことは、早くに文化人類学者の内田るり子氏が照葉樹林文化圏の調査によって明らかにしたことであり(18)、この恋歌のシステムは中国西南地域から東南アジアの少数民族地域へと広がっていることが知られるのである。そうした歌掛け文化が、奄美や沖縄にも色濃く残されていることは周知のことであろう。そこにもまた恋歌のシステムが存在したのであり(19)、そのような恋歌のシステムについて、チワン（壮）族によれば〈歌路〉と呼ぶのであり[20]、それは恋愛の道筋に沿いながら、それぞれがテーマ化されて男女で対詠されるシステムを指しているのである。

このような恋歌における歌の路のシステムは、歌垣に特徴的に現れるものであるが、それは歌垣に限らず、語りや歌唱の世界が基本的に持つ文化システムであるようにも思われる。例えば、小野重郎氏による南島の「生産叙事歌」の発見は[21]、それが神歌的性格を見せるものだが、一方に歌の持つシステムの発見でもあったといえる。穀物の種を植えて刈り取るまでの流れを歌として祭りに歌うことで予祝が行われるのであるが、この生産叙事の完整形をモデル化して日本の古代歌謡に援用したのが古橋信孝氏であった[22]。稲の生産に関わるような生産叙事は時代的に新しいものではあったとしても、日本古代に当てはめることの可能性について古橋氏の論理として存在することは、もちろん影響の問題にあるのではない。南島歌謡をモデル化して計られる、断片化され変容している古代歌謡の読み直しにある。

ところで、このような生産に関する歌も中国西南地域に住む少数民族の労働歌に多く見られる歌謡である。例えば、チワン族には「種稲謡」「播小米歌」「豊収歌」「采茶歌」「十二月田歌」などの労働歌があり、「十二月田歌」によれば、正月は新年を迎え、二月はあちこちの畑に火を入れ、三月は田に水を引き、四月は雨が降り水がたっぷりとなり（以下省略）というように、正月から十二月までを稲作の労働や収穫の後の喜びなどを織り交ぜながら歌い継ぐものである。こうした労働歌は「常在交友歓聚或各種喜慶的場合中演唱」されるのだという[23]。いわば友人同士の歌の会や慶び事の時に人々は歌うのだということであるが、それはもともと神へ提供する歌の名残であるのだろう。あるいはプイ（布依）族にも「造屋歌」「種稲歌」「造酒歌」「采茶歌」などの多くの労働歌あり[24]、「造酒歌」では「従早犁到晩。田土犁得深。泥塊翻波浪。田水攪得渾。公公扛鋤頭。」と、早朝から晩に至るまで田を耕すことから歌われ始め、酒の材料の糯米を得ることが歌われ、「公公端来三杯酒。先把杜康敬。再敬老祖先。三敬寨上衆郷親」と歌われる（前掲書）。そうした少数民族の農事歌や労働歌も生産叙事の枠組みに入るのか否かの検討が求められるように思われる。それは、例えば奄美に見られる「煙草流れの歌」[25]も煙草の種を撒き散らし、青い芽が出て来たが、若芽を見たと思ったらいつの間にか五葉になり、そして収穫の時期を迎え、これを刈り取っては縄に目を抜いて竿に吊して陰干しとし、それを板の上に伸ばして七つに刻み、乾燥した煙草をキセルに詰めて煙を燻らす美しさ、そのキセルを愛人が手に取ったり自分が手に取ったりして楽しもう、という内容である。煙草が素材であるからこれは新しい歌ではあるが、生産叙事としての性格を持っていることは否定できない。しかも、この「煙草流れ」にはもう一つの歌があり、それは男女が掛け合う形式を取り込み、その男女が一つのキセルを互いに交換しながら間接に口を接する楽しみや、煙が彼女の胸に入り込むうれしさや、二人の恋がキセルの中の煙のように、人には知られないのだということを歌い継ぐのである。このような恋愛をも内容とする流れ歌は、生産叙事の歌として認定できるのか否かである。先に挙げたチワン族の「十二月田歌」も、稲作の生産労働を歌うものだが、そこには兄と妹との恋愛関係が織り交ぜられて行き、労働歌でありながら恋歌でもあるという性格を見せるのである。あるいはミャオ（苗）族の「插田」も、稲の苗を植える歌ではあるが「十八姑娘来送茶。左手接娘金茶盞。右手攀娘頭上花。插田種地急忙忙[26]」とあるのは、忙しく田の労働をしながら茶を運ぶ若い女性に思いを寄せるという内容であり、そうした労働歌と恋歌との交わりは、生産叙事の枠組みとしてどのように解くかという課題があろう。徳之島の田植え歌も田植えの作業と若く美しい女性へのあこがれが歌い継がれるものであり、それも田植え歌の類型の中にある。御田植え神事を想定すれば、男女のかまけわざによる芸能が予想されるのかも知れない。古橋信孝氏が挙げる日本古代の生産叙事の枠組みに入るとされる記紀歌謡や万葉歌の多くにも、恋を内容とするものが見受けられるのは（古橋氏前掲書）、労働における作業の筋道のみが生産叙事として歌われるのではなく、そこには恋歌としての内容も共時的に含まれるのだという条件が加えられるならば、どのような問題として解決されるべきであるのか、という問題に至り着くであろう。これらが神々の恋歌を継承するものであるとも考えられるが、儀式性の強いものがオリジナルだという判断は難しく、両者の関係を同じ枠組みとして説明する原理が求められる。儀式性の強い歌に恋歌が現れる場合には、それを娯神情歌として分類するのはチン（京）族歌謡の区分である[27]。いわゆる神に供する恋歌であるが、この形式は古事記に見る八千矛の神の妻問い歌謡の対詠歌が代表し、中国では屈原の『楚辞』以来の様式であり、中国西南少数民族の大歌の表現形式に認められる。しかも、このように歌われる歌は、どこで完了するのか、どのように完了するのかという問題もある。いわば、採集されて文字化された部分がすべてではないという問題であり、歌唱におけるその始点と終点との関係は今後の大きな課題であるように思われる。

実は、このような生産叙事の歌も〈歌の路〉の枠組みの中に存在しているのではないかということである。労働歌あるいは農事歌はその作業の全般に及ぶ流れを歌い込むことによって、そこに歌の道筋がすでに予定されているからである。それは歌の路のシステムに沿うものであり、これを「流れ」だというのは歌の路に相当する概念であり、南島の歌のシステムを南島歌謡そのものが指し示しているのである。先の「煙草流れ」の外にも「思い文流れ」「花縁流れ」「芭蕉流れ」などは、流れ歌のシステムによる代表的な歌うたである。そこには労働歌と恋歌とが一つの枠組みの中に展開するもの、「芭蕉流れ」のように巫により作業の流れが歌われる神歌に属するもの（小野氏前掲書）、「思い文流れ」のように、恋文のやり取りから始まり、女性のもとに忍び込むまでを対歌で歌う社交性の強いもの、「花縁流れ」のように少年と少女との恋を物語として対歌を組み込みながら歌い継ぐものなど、その流れこそ歌のシステム（歌路）に他ならないのである。「花縁流れ」はかなり完成度の高い流れ歌であり、内容からは文娯情歌（文芸性・娯楽性を目的とした恋歌）に属するものである。一方に儀式的でありながら、一方にエロチックな戯笑性も登場する。終わりのない歌い継ぎの中で流れ歌が展開される場合は、物理的な条件によって歌が終了させられる。おそらく、生産叙事の歌も「歌流れ」の側面から見れば、また異なった風景が現れるのではないか。そして、そのような状況が明確になるのは、中国西南地域の少数民族に見る歌唱文化の中に豊富に歌い継がれているさまざまな歌唱システムそのものにおいてである。

そうした歌の路という歌唱のシステムを、最大限に利用し効果を上げたのが男女の対詠による恋歌であったということであろう。なぜなら、恋の道筋を前提として恋歌が予定されていることにおいて、また、男女の対詠が即興性を生命とする限り、そこには一定の流れが求められていたはずだからである。その流れに沿うことにより、歌垣の男女の対歌が可能となり、必然的に恋歌にはさまざまなテーマが現れることになるのである。そこにあるのは、まさに歌の路という絶対的な歌の定式や秩序であり、それを無視すれば対歌のサークルから排除されることは明らかである。そこには緊密な歌の共同性や恋歌の文法が存在したのである。だが、奄美においてこうした厳密な歌の流れが存在したのは大正時代ころまでであったらしく、文潮光氏によれば、今の若い者は歌曲の順序も無茶苦茶であると嘆いている(28)。そうした形式の崩れに対する嘆きは、戦後においても繰り返されるのだが、このような形式の崩れへの嘆きは、かつてそこに厳密なシステムが存在したことを語るものである。そうした厳密な歌唱のシステムは、南島・沖縄および中国少数民族の歌唱文化をも含み持つところの東アジア文化圏を構想することで可能になるように思われる。もちろん、このことは張競氏が指摘するように、中国のあらゆる民族の具体的調査が必要となり、それは研究者が何世代にも亘って行うことで確証が得られる問題であるに違いない(29)。それらの調査によって得られる収穫は、おそらく予想をはるかに超える大きなものであるに違いない。ようやく、その入り口に差し掛かった段階なのである。

5-4 東アジア比較文化論への期待

ここに述べて来たことは、東アジア文化に関する今日的理解に基づき、比較詩学の一般性を東アジア文化圏の想定の上で粗略に論じたものに過ぎない。その目的と理念は、およそ上に述べたところにある。自国の文化論は、周辺諸国の文化との相対的関係の上で往還することにより初めて論じられることだからである。

文学の発生論あるいは詩の起源論にしても自国主義あるいは一国史観に陥ってはならないことは当然であるが、その距離をどのように測るか、あるいはその枠組みをどのように設定するかは、それぞれの立場において異なるであろう。それを互いに尊重することは大切である。もちろん、問題は文学発生論に尽きる事柄ではない。漢字により表記された日本文献の東アジア的検討も、多くの課題を残している。そのためには中国のみではなく、日本と同じくかつて漢字文化圏に属していた韓国の漢字文献の検討も交えた、東アジアに共有できる漢字文化圏の諸課題の検討が必要であろう。何よりも「東アジア」あるいは「東アジア文化圏」という枠組みそのものが、地理的概念を除けば、東アジアにおいて、あるいは日本においても、言葉として先行しているほどには市民権を得ているものではない。日本文学研究においてはなおさらの感があり、まさに構想途上の概念なのである。すでに、東アジアを視点に入れた文化論の枠組みの構想は、「照葉樹林文化」あるいは「環日本海文化」などと呼ばれ、学際的研究がなされているが、前者は東アジア地域の全体や漢字・儒教・道教・仏教等の文化を必ずしも包含する枠組みではなく、後者にはそれが包含されるが、周知のように「日本海」という呼称が国際性を持つものではないという欠点を持つ。もちろん東アジア文化という呼称にも婁述したように多くの問題を抱える。ただ、それが国際性を持つか否かは、先述の理念がどのように理解され実現されるかに関わる問題にあるのである。そこに予想される批判は、真摯に受け止められるべきであるが、また、建設的な批判も求められる。

なによりも昭和初期という同時代において、日本の南島から中国南方に目を向けていた折口信夫氏の民俗文化学によって発想された文学発生論と、竹友藻風氏の比較詩学によって構想された詩の起源論とがそれぞれに存在したことの重要性であり、そして、それらが何時の日か交わり、同じ枠組みの中で論じられる日も遠くはないものと思われる。それは、如上のいくつもの大きな課題を乗り越えた、今後の若い研究者に期待されることである。

（1）――『帝国議会衆議院議事速記録』（東京大学出版会）による要旨。
（2）――世界史リブレット7『東アジア文化圏の形成』（山川出版社）
（3）――東アジアの地域は、日本・韓国・中国の外に、台湾・朝鮮民主主義人民共和国も加わる。これらが政治的な枠組みではあるものの、今日の東アジアの地域にそのような複雑な問題が存在することは認められるが、それらの国も地域も東アジア文化の枠組みに入ることを前提とする必要がある。
（4）――『中国古代国家と東アジア世界』（東京大学出版会）「緒言」参照。
（5）――辰巳『万葉集と比較詩学』（おうふう）「序論」参照。なお、東アジア文化としての仏教については、高崎直道・木村清孝編による、シリーズ東アジア仏教『東アジア仏教とは何か』（春秋社）があり、そこでは東アジアは「歴史的に中国を中心として、その周辺諸国に展開した文化圏、すなわち朝鮮半島や日本列島を東端とし、ベトナムを南端とする地域を指すが、実質的には中国の漢字文化の洗礼を受けた地域、いわゆる漢字文化圏を指す。」といい、また「仏教もそこでは儒教や道教など、中国思想の影響を受けつつ、独自の展開を遂げた。この伝統は東アジアの各地域に伝播するとともに、それぞれの民族の地理的・歴史的情勢に応じて、さらに変容したが、それにもかかわらず、一貫して漢訳仏典が聖典として用いられ続けたという共通性がある。」（はしがき）というところに、東アジア仏教の可能性を想定しているのである。
（6）――本多顕彰訳『世界文学　及び一般文化におけるその位置』（岩波書店）
（7）――芳賀徹訳「比較文学の危機―比較は理ならず―（1）～（6）」『学燈』六十一の四号～十一号。
（8）――中西進万葉論集第四巻・第五巻『万葉史の研究　上・下』（講談社）。なお、初出は昭和四十三年七月に桜楓社から刊行された。
（9）――西尾幹二「比較研究の陥穽」『理想』第五三九号。
（10）――吉田精一「万葉集の比較文学的研究」『万葉集大成7　様式研究篇・比較文学篇』（平凡社）。
（11）――『古代歌謡論』（冬樹社）、『古代和歌の発生』（東京大学出版会）、『幻想の古代―琉球文学と古代文学―』（新典社）などがある。
（12）――『古日本文学発生論　記紀歌謡前史』（思潮社）、『「おもいまつがね」は歌う歌か』（新典社）などがある。
（13）――「妣が国へ・常世へ（異郷意識の起伏）」『折口信夫全集　第二巻』（中央公論社）参照。

(14)――『詩の起原』（梓書房、昭和四年）。なお、同じく昭和四年（一九二九）に、土田杏村の『文学の発生』『上代歌謡』が刊行されている。この二著は日本・韓国・中国の「東亜」の文学の比較論であり、東アジアの枠組みにおける比較論は、すでにこのようにして出発していたのである。

(15)――『詩の起原　東アジア文化圏の恋愛詩』（笠間書院）。なお、本書が「起原」であり「起源」ではないのは、竹友藻風の『詩の起原』に基づくからであり、その方法も同氏の比較詩学からの発想による。

(16)――「詩の起源」『文学』（岩波書店）二〇〇一年三・四月号。

(17)――古橋「詩の起源」注16に同じ。

(18)――「照葉樹林文化圏の歌垣と歌掛け」『文学』一九八四年十二月号参照。

(19)――文潮光『奄美民謡大観　復刻版』の「総論―大島民謡の史的並芸術的考察」（元版は、昭和八年九月に南島文化研究社から刊行されている。復刻版は、昭和五十八年七月に文秀人による私家版として刊行されている）参照。および、辰巳「奄美の歌遊び―南島の歌掛け文化―」『詩の起原』注15参照。

(20)――『中国歌謡集成　広西巻／上』（社会科学出版社）「壮族」参照。

(21)――「生産叙事歌をめぐって」『南島の古歌謡』（ジャパン・パブリッシャーズ刊、新民俗文化叢書2）。

(22)――「歌の叙事」『古代和歌の発生』注11参照。

(23)――『中国歌謡集成　広西巻／上』（社会科学出版社）注20参照。

(24)――何積全・陳立浩主編『布依族文学史』（貴州民族出版社）参照。

(25)――文潮光『奄美民謡大観　復刻版』注19による。

(26)――『中国歌謡集成　広西巻／上』（社会科学出版社）「苗族」による。

(27)――蘇維光・過偉・韋堅平著『京族文学史』（広西教育出版社）参照。

(28)――文潮光『奄美民謡大観　復刻版』注19による。

(29)――「書評　辰巳正明著『詩の起原―東アジア文化圏の恋愛詩―』」『國學院雑誌』平成十三年一月号。

＊本論考は「岩波書店『文学』七・八月号／二〇〇一年掲載」を基とした。

［参考資料］――詩の起原／目次

東アジア文化圏の恋愛歌謡

万葉集恋歌の生態学

［あとがき］

この小さな論集には、私のいろいろな思いが籠められています。手に取られて軽々しい本だとか、論文としての体をなしていないとか、おもしろそうだとか、感想も多いことと思います。本書に関しての私の思いは、これが現在考える私の研究書の一つのスタイルだということです。そのことについて、少し触れたいと思います。

今日、国文学（日本文学）の研究書がなかなか売れないという嘆きを出版社の方がたからよく耳にします。その原因はいくつもあり複合していると思いますが、何よりも研究者側に多くは責任が有るように感じます。一般的には、書き上げた原稿を出版社に入稿して校正をして完成というのが道順ですが、それが売れるか否かは出版社にのみ任せてきたように思われます。このようなことは、研究書が黙っていても売れていた時代は良かったのですが、現在はまったく新たな発想をしなければならないように感じます。そのことを痛感して前著『詩の起原』（笠間書院）では、私の希望を編集長の橋本孝さんにお話しし、橋本さんも大いに賛成してくれて、装幀は装幀家の右澤康之さんと組み、本の全体が書き手・編集者・装幀家という三位一体の態勢で取り組みました。

その評価は別にしましても、研究書を刊行するためにいろいろなアイデアを考える時期に来ていると思います。私たちは出版社任せではなく、書き手の意図や目的が明確になる研究書作りが求められていると思うのです。

本書は、前著の経験を踏まえながら、一つの試みとして次代の研究書のイメージを想定しながら、出来るだけ読みやすく、手に取りやすく、目で楽しめ、きわめて新鮮な内容を、安価に、ということを条件にしました。本書が新鮮な内容かどうか問題もありますが、理念的にはそのように考え、そのための努力をいたしました。その結論としてこのような形態になったのです。ただ、本書は試作品という性格があり、目で楽しむところまではまだまだ及んでいませんが、これが研究者から研究書としての理解が得られるのか、出版社の考えはどのようなのか、課題は残されています。ただ、研究書がいつの日か書店の雑誌コーナーに平積みされている風景を夢見ています。みなさんからのご意見をいただきたいと思うところです。

本書の表紙は、奄美の唄者である坪山豊さんの顔写真で飾ることが出来ました。私のシマ歌の歌学びの師匠が坪山豊さんです。いつもお会いするとにこやかに奄美の唄のことを教えてくれます。みなさんに紹介したくて、このような形になりました。感謝いたします。

今回も、橋本編集長と本作りの楽しみを語り合いました。その結果無理難題を申し上げました。若い岡本利和さんも頑張ってくれました。校正は、今回も佐野あつ子さんにお願いしました。そして、装幀・本文レイアウトは再び右澤康之さんの手になり、希望通りのすばらしい本が出来ました。深く感謝申し上げます。なお、本書に掲載の幾つかの論はすでに雑誌などに発表したものを基にしています。本書に掲載するに当たりお礼を申し上げます。

二〇〇一年十月六日

辰巳正明

著者について
辰巳　正明（たつみ　まさあき）
一九四五（昭和二〇）年北海道生まれ。成城大学大学院博士課程満期退学。大東文化大学教授を経て、現在、國學院大學文学部教授。博士（文学）。
著書に『万葉集と中国文学』（笠間書院）『万葉集と中国文学　第二』（同）『万葉集と比較詩学』（おうふう）『悲劇の宰相　長屋王』（講談社選書メチエ）『万叶集与中国文学』（武漢出版社）などがある。

万葉集に会いたい。

二〇〇一年一〇月六日初版第一刷発行

著　者──辰巳　正明
発行者──池田つや子
発行所──有限会社笠間書院
東京都千代田区猿楽町二─二─五［〒一〇一─〇〇六四］
電話　〇三─三二九五─一三三一　FAX　〇三─三二九四─〇九九六
装幀・本文レイアウト──右澤康之
藤原印刷・製本

ⒸTATSUMI 2001　Printed in Japan
4-305-70235-5
落丁・乱丁本はお取りかえいたします。
出版目録は左記または右記住所までご請求下さい。
e-mail：kasama@shohyo.co.jp